JN183993

みやざきエッセイスト・クラブ
作品集21

ひなたの国

はじめに

みやざきエッセイスト・クラブ会長　谷口二郎

みやざきエッセイストクラブの作品集『ひなたの国』がようやく出版される運びとなった。この中には二十一人の会員の満身の叫びが綴られている。このエッセイ集で二十一冊目になる。エッセイを書く度に、全身の力を振り絞り、もうこれ以上書けないというくらいに心身ともに疲れ果てる。会員はもう書くのも最後かもしれないと思いながら書き続けているに違いない。それほど心身を擦り減らすのだ。

だが同じように食べている時に、もしかしたらこれが最後の食事かなと思いながら食べる人はきっといないだろう。しかし人間いずれ死ぬのだから、最後の晩餐というものは必ず存在するのだ。

私は今年六十七歳になった。そろそろ老いを意識している。いわゆる終活である。男性の平均寿命が今八十歳くらいだというから、それからいくと後だいたい十三年経ったら死を迎える計算になる。我々団塊の世代（昭和二十二～二十四年生まれ）で一番出生数が多いのが昭和二十四年生まれ。同年に生まれた赤ちゃんは二百七十万人。元気でいるのが二百四十万人。すでにもう三十万人の人が鬼籍に入っている。その中には、学校で親友だった人もたくさんいる。考えてみれば、もうすでに私達の世代は確実に最終コーナーにかかっているのだ。そこでいろんなことを最近考えるようになった。

山田風太郎の著書に『あと千回の晩餐』というのがある。その冒頭に「いろいろな徴候から、晩飯を食うのもあと千回くらいのものだろうと思う。といって、別にいまこれといった致命的な病気の宣告を受けたわけでもない。七十二歳になる私が、漠然とそう感じているだけである。病徴というより老徴というべきか」と書いてある。

また、開高健の著書に『最後の晩餐』というのがある。いろんな食の話が載っているのであるが、そのタイトルは意味深で、例えば死刑囚が死刑の前に食べるのがまさに最後の晩餐であるというのは誰でも分かる。しかし突然、船が転覆して海に投げ出され、漂流している時も、何とか助かりたいと思うと同時に、きっと最後に食べた食事のことを思い出すのではないかというのだ。

あるいは元気にしていた人が突然、脳出血で植物状態になった時も、周りの人達が「亡くなる前に美味しそうにステーキを食べましてね」と周りで語り合うかもしれない。実際私の尊敬する先生が、大好きな甘エビを食べた際、エビが喉につまりそのまま窒息して亡くなられた話を聞いた時、その苦しさを思うと同時に、最後に大好物のエビを食べられたというのがせめてもの慰めだったという思いがあった。

そういういろいろなことがあり、最近では食べる時、これが最後の晩餐になるのではないかと思いながら食べるようになった。なったというよりも、なってしまったといった方が正しいかもしれない。それ故に、食事をする時には「いただきます」と以前より大きな声で言うことにした。もしかしたらこれが最後の「いただきます」になるのではないかと思うからだ。

夕食時、まず軽くビールで喉を潤し、それから待ちに待った晩餐が始まる。例えば今週の月曜日は、頂いたステーキの肉が冷凍してあったので、それを解凍し、たっぷりニンニクを入れてステーキにして食べた。火曜日はスーパーに行ったら、地獲れの桜鯛があり、それを一匹そのまま買って来て調理してもらった。水曜日はスーパーで、長崎で獲れたという天然寒ブリのブロックが売っていた。あまりにも美味しそうだったので、それをブロックのまま買い、お皿に盛り付け食べた。次の日は息子がデパートで美味しそうな餃子を買って来たというので、それを焼いて食べた。

そんな毎日を送っているうちに、ズボンがきつくなったことに気が付いた。最初は気のせいだと思ったが、そうではなかった。恐る恐る体重計に乗ってみたら何と二キロも増えていたのだ。

最後の晩餐と言いながら、食い意地が張っていた自分が何か恥ずかしく、またおかしかった。というのは、そう思いながら毎日こうやってピンピンと元気に生きているからだ。もうこれからは最後の晩餐と思いながら食べるのはよそう。でもいずれ最後の晩餐の時が来るだろう。一体、私の最後の晩餐は何時で、食べる物は何になるのだろう。

エッセイだってそうだ。いずれ最後のエッセイ。つまり絶筆というものが存在するはずだ。しかし我々会員はそんな呪縛など気にせず書き続けよう。そしていずれ二十五冊。そのうち後輩たちにそれを託し、百冊という時を迎えるに違いない。その時、既に二十二世紀を迎えている。

目次

カバー・前扉作品　岩尾信夫（いわお　のぶお）

一九〇八年　大分県生まれ
一九六八年　宮崎大学教授
一九八九年　宮崎県文化賞受賞（文化功労）
一九九〇年　宮崎県美術協会会長
一九九一年　没　享年八十二
　　正四位勲三等瑞宝章を授与さる

カバー絵「韓国岳」
扉絵「T子ノ像」

ひなたの国

みやざきエッセイスト・クラブ　作品集21

伊野啓三郎

厨房三昧

独りっきりで夕食のテーブルに向かってビールを飲みながら黙々と食事をする、こんな味気ないわびしい想いの生活をするようになって早くも十五年が過ぎようとしている。

三年前会社を退き、「常在家庭」の生活に入る迄の十数年間、会社勤めと主夫の両立は並大抵のものではなかった。

夏の日の夕刻、帰宅して玄関の戸を開けた瞬間、一日中閉めきった家中の熱気が熱風となって、ドーッと疲れた体に襲いかかる。急いで家中の窓やガラス戸を開放する。

冬の日の夕刻は日暮れが早く、帰宅した時は家中真っ暗、点灯すると人気のない寒々とした部屋が空しく、疲れた体に覆い被さってくる。どうにもならない脱力感が心に迫り、夕食の準備をする気力を見出すことが難しかったことが思い出される。それでも幸いなことに近所に住む娘夫婦の手助けや、友人達の心温まる気配りが、孤独感からの解放、希望へと、やがて長寿社会を生きるリード・オフ・マンへの道へと駆り立たせてくれたものと感謝している。

そのような環境の中で長年続けてこられたラジオのパーソナリティの仕事は総てを忘れさせてくれたものだ。洋楽の世界に没入して回顧から新時代へと多様な感性を身につけることが出来たものだ。

時代とともに刻々と進化する楽曲、そのような楽曲を耳にした後は、自分でもおかしいほど神経の高ぶりを感じて寝つけないことが屡々（しばしば）ある。そしてもうひとつは、好きな手料理の探究の楽しみ。最近は出来上がった料理を口にしながら、「どうして俺はこんなに料理が上手いんだろう」「ウーン最高！」と好物のヱビスの黒ビールを飲みながら、空間に向かって自分を誉める。傍目から見ると「この人ちょっとおかしいんじゃない！」と言われそうなシーンに自分でも思わず笑い出す有様。

今、自分の手料理で毎日の生活が過ごせる幸せな姿を振り返ってみると、それには多くの自分自身が重なって、まるで自分史を見ているかのような感じがしてならない。

アドマン生活五十有余年。

（注・アドバタイジングマン＝広告マンの略）

現役を去って以来、何かと過ぎ去ったクリエイティブの世界がなつかしく目の前にちらついて、秘策に秘策を練って広告主へ提案書づくりに没頭した頃が激しく思い出されてくる。

時代に先駆けて創造の世界に生きるクリエイティブセリング。

日本国中どこでもテレビが見られる時代に入った一九六〇年代から始まった広告文化の発展は、すさまじいものを感じさせられたものだ。

一九五九年三月十日、皇太子殿下ご成婚のパレードを街頭テレビで多くの人々と共に見た時の感動は、想像に絶するものがあった。本格的テレビ時代の幕明け。

それを機に広告文化の創造を担う未来への希望、大きく胸をふくらませたことだった。

秘策を練った企画書を手に、会社、商店へのアプローチ。企画提案に対してのスポンサーの嬉しい反応。次々と成約へと発展してゆく現実、それはそれは希望に溢れた楽しい毎日で、無から有を生むアイデアの世界を追いかけるアドマンの晴れがましい姿がそこにあった。

そんな毎日の中で、笑顔で報告を聞き、肩をたたいて労ってくれたのが社長の戸高保さんだった。何人もの上司、同僚のいる中でのお声がかりはちょっとした優越感、羨望の的。慰労の席は月に数回にも及ぶことがあった。

仕事の報告を終えた夕刻、急な慰労のお声がかりは嬉しい反面、心に引っかかるものがあった。

慌てて家に電話をすると、受話器の向こうから妻の美智子は、「またね、今夜も……今夜は貴方の好きな土手鍋を用意したのよ！　もう勝手にして！」ガチャンと受話器を置く始末。電話の向こうの仏頂面がありありと目に浮かぶありさま。

愛する夫への心をこめた夕食、それほど豊かでもない家計の中からの夕食の献立は夫への愛のしるし。

当時は上司からのお声がかりは欣喜雀躍（きんきじゃくやく）してお供をしたものだ。

時代が変わり二〇〇〇年代に入った頃から、部下への慰労と声をかけると、「今夜は家内と約束があるので」とか「友人と前から約束があるので」等々、挙句の果ては、「早く言ってくださっていれば予定していたのですが」という応え。感激度をなくした達成感。仕事とプライベートを均一に両立させて楽しく生きる処理術。

サラリーマン気質も随分変わったものだ、これが現代なのだと、しみじみ自分自身に言い聞かせたものだった。

駆け出しのアドマン時代の頃、そんな中で妻への労りの感情が、毎週末や祭日等、厨房に立つきっかけになったように思えてならない。

様々な機会で口にした料理の味を、美智子にも享受させてやりたいという思いの一念が料理の腕を奮い立たせたものと思っている。

料理の腕がたつにつれて、ゴルファーが有名ブランドの道具に目移りするように、次々と器やアルミ製品、南部鉄器等、厨房器具専門店が軒を連ねる東京浅草、合羽橋界隈の一大商店街を訪ね、買い求めたことだった。

南部鉄器厚手のフライパンで焼いたステーキの味は格別なものであった。

近所に住む娘夫婦と孫三人、美智子と七人分のステーキ、そしてブラジル産リビーのコンビーフ入りポテトサラダ、豪華なディナーがテーブルに並び幼い孫三人が上手にナイフとフォークを使って口にほおばる姿を眺めながら、美智子は夫が自分に対する愛情表現を様々な形で表してくれる姿に、日頃の不満を払拭させていたように思えてならない。

そんな料理作りの一年の締めくくりは毎年末のおせち料理づくりだった。

年末ボーナスを懐に、美智子と二人でデパートの食品売場での買い出しは楽しかった。

戦前、生まれ育った朝鮮半島、植民地文化の華やかさは、戦後、周辺の人達に語っても俄かに信じてもらえないほどのものだった。日本内地、各県からの格調高い伝統的正月文化の渡来。商家の我が家では、大きな鏡餅の上の橙、串刺しの干し柿が重ねの間に、そして鏡餅に這いつくばるような伊勢海老、床の間には松竹梅の生花、平らな鉢に白砂一面に敷いた中に鮮やかに浮かぶような福寿草の黄色い姿等々。そして圧巻は「おせち料理」。

小学生の頃、年末になると母と姉のお供をして市場に買い出しに行ったことが脳裏に浮かんでくる。

当時の朝鮮仁川府には、魚市場と野菜市場が体育館のような建物の中に仕切られて併設された立派な公共施設だった。そしてその周辺にはあらゆる食料品の店が軒を連ねていた。そんな中に、仁川中学校二年先輩の鎌田さんのご両親が経営する鎌田精肉店があった。肉は勿論のことだが、「ワールドミート」のお店としての仁川府で一番の有名店だった。中でも直径五センチほどの「ゲルダーソーセージ」は今でもその香りと味が忘れられない味として心に残っている(リビーのコンビーフもそうだった)。

多くの材料を使って母と姉が年末には見事なおせち料理を作って重箱に盛りつけていた。煮しめの野菜を一品ずつ丁寧に煮込む手法を見ながら覚えた味は、今でも大切な母の味として受け継いでいる。

父の郷里の北海道根室から送られてくる「薄塩仕込みの荒巻鮭」と対馬海峡獲れの「寒

鰤」は、新聞紙にくるまれて二階の物干場の軒先に鰓を縄で吊り下げられ、天然の冷蔵庫の中、その都度切り取られお正月に食卓を賑わせていたものだ。

薄塩の荒巻鮭は、寒風にさらされて程良い固さ、一ミリほどの厚さに切られたピンクの切身にマヨネーズをつけて食べる食感は忘れようにも忘れられない味。近年ノルウェー産の養殖サーモンの時代、このところその味に巡り会えないのが淋しい。

そんな幼かった時代の母の厨房を思い出しながら、毎年末美智子と一緒に作ったおせち料理。元旦の祝膳の席は娘一家を加えた七人の家族が居並ぶ中、美智子の誇らしげな姿が今も心に浮かんでくる。

長年に渉る日常の手料理づくりが、晩年、美智子が腎機能を患い人工透析を受ける中、頑なに入院治療を拒み、通院治療を懇願する美智子に対して、最大の条件である透析食づくりに役立とうとは思いもかけぬことだった。

幸いなことに宮崎大学医学部付属病院栄養管理室長は、私達夫婦が仲人をした管理栄養士の堀江位久子さん。早速事情を話して透析食の献立表を貰い、以後、それにそっての食生活で在宅療養が可能になり、悲しい出来事が起こるまでの三年間、人間らしい生活を共に出来たことは、厨房への関心がなかったら出来なかったことと思っている。

営業努力の結果を誉められて度重なる慰労の席。「また今夜もね！」と嫌味を言いつつ、拗ねる美智子。電話の先の仕種が手にとるように判っていながら、嬉しい板挟みの中を過ごしたあの頃。今、美智子が幾たびも裏切られた思いで独り食卓に向かっている姿が目に浮かんでくる。「済まなかったねー……」

何もかも終わってしまったことだけど。

今日もまたメニューを考えながら、一人買い出しに向かう。元気で生き抜くための楽しいスーパーめぐり。

八十七歳の今日まで、栄養のバランス、カロリー質量を考えながら、三度の食事を自分で作り美味しく食べて生きていられるしあわせ。

そして時折友人、知己をお招きして、手料理の食事会、喜ばれて褒められる嬉しさ。客人たちの喜びの姿がニューバージョンへの道につながっていく。

今夜も様々な想いの交錯する中、厨房に立って猛暑を克服するという健康食、ゴーヤチャンプルーの確かな味で、明日のしあわせを祈ることにしよう。

岩尾アヤ子

残照

残照

わたしは平成二十七年一月十三日で卒寿（満九十歳）になった。陽は落ちても暮れるに暇あるならばと、その日を初釜に予定し、それを最後にお茶の教師を二代目に譲って、引退すると心に決めていた。

その昔、小・中学校の教員を辞めた四十歳の時、「お茶の勉強がしたい」と主人に言ったら大賛成で、一冊の文庫本を出し、これを読みなさいと言って渡されたのが岡倉天心の『茶の本』だった。

宮崎大学美術部教授の主人も、日本美術大学の創立者、岡倉天心のことを調べていた頃であった。

天心は東京大学を卒業、外遊から帰国し東京美術学校（東京芸大）を創立。二代目校長になり、明治三十一年芸大を辞して美術院を創立、やがてボストン美術博物館の東洋部部長になり、ボストン半分、日本半分の生活だったそうだ。

天心が、ボストン美術館の東洋部顧問であったとき書いた『茶の本』は、イギリス、フランスなどヨーロッパから広まり一大センセーションをまきおこしたという。天心がその愛弟子の横山大観、下村観山、菱田春草、木村武山の四人を呼び寄せて美術活動を展開したのが、太平洋リアス式海岸で有名な、五浦にある天心邸の研究所で、その近くの断崖絶壁の上に建てた茶室六角堂で思索に耽っていたと伝えられているが、先年の津波で海の藻屑と消えたと聞く。

主人が自宅の庭先に造ってくれた茶室宗紅庵は、それを模したものだった。

私は大学で美術を選考し単位は取ったけれど、茶道の心も、美術の奥深さも何も知らない自分に気がついた。

「茶の湯は花瓶、絵画、などを主題に仕組まれた即興劇であった。茶室の調子を破る一点の色もなく、物のリズムを損なう、そよとの音もなく、調和を乱す一指の動きもなく四囲の統一を破る一言も発せず、すべての行動を単純に自然に行うというのが茶の湯の目的であった。そしてしばしば成功したのはそのすべての背後に微妙な哲理が潜んでいた。茶道は道教※の仮の姿である」と『茶の本』には書いてあった。お茶は点てて飲むだけでなく、そのプロセスが一番大事であるということを学んだ。そして五十年、茶室とともに老い、今は残照……。

平成二十五年の年末、自宅で、薬缶をガスに掛けたまま茶室に行き、台所のボヤ事件をおこし、初釜プラスお別れのセレモニーは夢と消えた。

最高に落ち込んだこの年の暮れ、私はお家元からの表彰のお手紙を受け取った。

表彰状　　宮崎支部　岩尾　宗紅殿

あなたは永年にわたり淡交会会員としてこの道に精進され裏千家茶道の普及発展のために寄与されました。その功績はまことに顕著なものがあります。よってここに記念品を贈り表彰します。

平成二十六年一月一日

茶道裏千家家元
利休居士　第十六世　千　宗室

嬉しくて、ありがたくて、気を取り直し最後まで頑張ろうと思ってその準備のため毎日体力以上のハードな仕事を繰り返していた。

ところが力尽き、ダウン。

診察された内科の主治医によってそのまま病室に隔離され、大淀の嫁に連絡が行ったらしい。「個室は結核病棟しか空いていないけどそれで良ければ」ということで、わたしは着の身着のまま即入院となった。平成二十七年一月十七日のことである。病名インフルエンザ。

高熱で汗びっしょり、夜中に三度も着替えた。部屋に電気がついているので見回りの若い看護師が心配してドアを開け、裸の私を見て、小学校の理科室にある全身全裸の骸骨の見本を見たときのように驚き、私は看護師を見て驚いた。以後、深夜の巡視がなくなった。

退院後、台所のボヤの修理が長雨の中、四か月もかかった。

またまたのことで疲れがピークに達したのかまたダウン。今度は右足に出来た腫れ物で足が痺れ、歩けなくなった。痛さに耐えかねてつまがり整形外科に飛び込み診察の結果、帯状疱疹と言われ、即入院を言い渡された。

「あなたは一人暮らしだからすぐ入院しなさい。紹介状を書いておきますから」と言われ、太股（ふともも）に三個並んだ赤い星型に三本注射をされた。

翌日六月三日、私は嫁に連れられ今度は大橋一丁目の大江整形外科に入院した。病名ヘルペス。

ここ大江病院は真ん中に吹き抜けのプールがあり、それを四角に囲んだ三階建ての大きな病院で、南側が受付、診察室、東側が検査室、北側と西側が広いリハビリの部屋、二階が病室一人部屋、看護師の詰め所、三階が二人部屋、三人部屋、四人部屋などになっていた。吹き抜けの上の周りは広さ一間以上もある、広い廻り廊下になっていた。

私はここの二階一号室で十日間の長い長い日を送ることになった。

入院した翌日、両手で抱えられないほど大きく豪華な花籠が二個届いた。出窓が一杯になった。院長夫人からと受付嬢からである。院長夫人は、大宮高校時代、茶道を私の茶室に習いに来ていた生徒、受付嬢は小学校一年生の時に担任した女性で、見事に成人された二人からであった。周りの患者から「あなたはこの業界の方ですか？」と言われた。

何もしない日は気が遠くなるほど長い。朝食が済むとリハビリの呼び出しを待つ。時には午後まで待つこともあり、その間、手押し車を押して二階の病室の廊下を何度も何度もうろうろする。

患者は皆同じ思いなのか、廊下に出て窓の外の同じ景色を毎日毎日眺めている。

やっとお呼びがかかる。それも午前になったり午後になったりする。

朝の回診にみえた女医さんに「あと何日ぐらいで退院ですか」と聞いた。

「もういつでもいいですよ」で、あと二日で退院ときまった。私は長い長い空白の間に用意しておいたお礼を院長夫人と受付嬢に届けておこうと考えた。

毎日うろうろする二階の広い廊下の先に広い階段があったので、手押し車を端に置き、慎重に一段一段手摺りを摑んで一階までおりた。

広いリハビリ室の前を通り過ぎようとした時、係りの先生が顔色を変えて飛んで来て私は逮捕された。

「どうしてわかったの?」

「手押し車が階段の横に置きっぱなしにしてあって、ナースが大騒動をしていたからよ。勝手なことをしたら駄目ですよ」と怒られた。そうして患者を運ぶ車に乗せてエレベーターで部屋につれもどされた。

部屋に帰ると入り口にマットが置いてあった。何度も足踏みして上履きを綺麗にして部屋に入った。

一人部屋の特別室だったから、出入り口のドアの前にマットを置いてくれたのだろうけれど、それにしてはちょっと遅すぎる。あと二、三日で退院だというのに、と思ったけれど何度も足踏みした。

いよいよ退院の前夜、荷物を全部かばんに詰め込み、教え子の建設会社の専務に電話をかけた。「明日六月十三日いよいよ退院だから荷物を運びに来て」と。

夜中に何度も目が覚めた。朝食が済んだらいつでも出発できる用意ができた。カバンも盛り花も一応自宅の物置にいれておくように運び出してもらった。あとは請け出しに来る嫁を待つばかり。かっこよく礼儀正しくお礼を言って、病院を出た。

退院の手伝いに来た嫁と、帰りの食堂でささやかな退院祝いをしていた時、事の次第を聞かされて驚き大笑いした。

あのマットの正体はセンサーだったのだそうだ。

センサーマットで院内での行動を監視されていることも知らずに、部屋の出入りのたびに力づよく何度も何度も踏んだ。

その度にナースステーションには緊張が走ったのではないだろうか。

あの時は後日談としてセンサーマット事件を笑ってしまったけれど、私が無知だったと今は納得。

平成二十七年七月三十日、茶室の修復無事終了。

あと僅かな私の黄昏をこれからも嫁とともに笑い合いながら過ごしてゆけたらどんなにいいだろう。

※　道教（儒教、仏教と並ぶ三教の一つ）。
古代の民間宗教に神仙思想・老荘思想、仏教の教理などを混合して形成されたもので、現世利益と不老長生を主たる目的とする。

興梠　マリア

思い出は突然に

思い出は突然に

介護を続ける育代さんに会いたくて入院先の病室を訪ねると、彼女は器械に囲まれて臥している病人の側で静かに読書をしていた。柔らかな日差しの中で、彼女はたしかに疲れていた。

「こんにちは」カーテンの隙間からノック代わりに声をかけた。彼女は一瞬の笑顔とともに椅子からたちあがり、私の手を取り歓迎してくれた。私たちは同志。嫁であり、夫の母を看ることが与えられた日々となっていて、お互いを思いやることの出来る共通の悩みをかかえている。

朝の慌しいバイタルチェックが終わり、主治医の回診があるまでの束の間の時間、彼女は病室の隅に立てかけてあったパイプ椅子の座面をがしっと音を立てながら固定して、勧めてくれる。なにかを取り立てて話すわけでもなく、ベッドを前にして並んですわり、いつものように「大丈夫？」とつぶやく。「ううん、大丈夫じゃないの」。

それはベッドに臥している病人を見ていてわかる。育代さんは続ける、「もう話すこともできないの……」。


心臓は規則正しく、リズミカルに動いている。鼓動の器械音が病室に高らかに打ち響く。それとリズムを合わせるように、自宅から持ち込まれたＣＤプレイヤーが音楽を奏でている。息子である育代さんの夫が選んだ楽曲の数々が流れている。


「義母が亡くなりました」

数日して育代さんから連絡があった。私は葬儀に駆けつけた。それはありきたりのものではなかった。喪主である息子さんが参列した人々を前に挨拶をされた。歌を歌われたのだ。私はそれを聴いて身動きが出来なくなった。涙が溢れた。ハンカチを口に押し当て、参列の人たちに聞かれないように、溢れる嗚咽を必死でこらえた。

それは亡くなられたご母堂への惜別の涙ではなかった。私は突然沸き起こった大きな渦に巻き込まれて、過去に引きずりもどされたのだった。その感情は葬儀とは全く関係のない、むしろその逆であった。これから未来がはじまる、生まれたばかりの赤ん坊を慈愛を込めて見つめている私の祖母。その笑顔がフラッシュバックして鮮やかに思い出され、瞼の裏にセピア色の映像が一コマ一コマ、シャッターの音とともに再生される。

聴こえてくるのは、喪主が歌う「赤い靴」。「生前母が好んで歌っていたというこの歌を歌います」といってしずかに歌い始められたのだった。いつの間にか、私の耳には私の祖母の歌声しか聴こえなくなっていた。


私の母は大正九年九月九日生まれ。祖母は明治の生まれで十三人もの子宝を授かった。代々続く老舗の呉服屋で、婿をとり家業を継いで来たと言う。そのころは長女が跡を継ぐという定めで、母も女学校をでたら実家の呉服屋をあずかるようになっていた。

一年だけ、できることなら二年は東京の英語学校に通いたいと願い、許されて上京。許された理由は、「ハイカラさんの時代が来る。アメリカさんが着たくなる着物のデザインなども勉強して絵描きさんに描いてもらう」。

そういうことで、東京の築地にある語学校に入学した。モダンガールの先駆けで、まだ見たこともないアメリカに憧れていた母。上に兄一人、母の下に姉妹が三人、弟が三人。そのみんなと離れて、都会で英語を学ぶことになったのだ。

母は一人汽車に乗り、東京に向かい、寮生活を始めた時のことを後に私にこう言った。

「空が突然に開かれたの。背筋がすうっと伸びて何でも好きなものは飛び上がって手に入れられる！」

小柄な母が背伸びをしてジャンプして捕まえたのは、アメリカ人の青年だった。通い始めた語学校で、春の訪れを祝う復活祭、イースターのパーティーが催されたそのときに出会い、恋に落ち、母は親の許しも請わずただひたすら開かれた大空に二人してジャンプして飛び、その高みを駆け抜けたのだった。

生涯、多くを語らなかった母。それも母の強い意志のあらわれだったのだろう。父もそれをしっかりと支えたのだろう。私の祖父母は呉服屋の跡継ぎを失った。

父の両親は、黒い髪の日本人の嫁を喜んで迎えてくれたという。ただしかし、宗教には従ってもらう。結婚のためには、まず教理を学び洗礼を受け、それから婚姻の儀式。それらをクリアーして日本からの出会者は誰一人いないアメリカ、サンフランシスコのカトリック教会で挙式。十九歳の母は、はれて六月にジューンブライドになったのだ。

背の高い金髪の青年とドレスを着た娘の婚礼の写真を送りつけられて祖父母は言葉をなくしたと、母の姉妹達は私に教えてくれた。「英語なんて書けもしませんし、読めもしません。東京に行かせたのがまちがいやった」。

二番目の娘、つまり私の叔母がすぐに婿をとり結婚。呉服屋を継いだ。叔母にとって私の母は憧れの人だったそうだ。このときまだアメリカと日本は戦争などしていなかった。父は外交官で、その赴任地はメインランドから遠く離れたハワイ州のハワイ島だった。そこで兄二人を育てていた。

ところが真珠湾への攻撃をきっかけに日米は戦争をはじめた。そして日本は負け、それでも母は日本には戻らなかった。

私は終戦から四年後に西海岸の小さな街で生まれた。そして日米の占領統治のために両親に連れられ京都にいった。母の里帰り。私は三歳になっていた。その頃の記憶はほとんどない。

いま振りかえって、しみじみ不思議なことだと思う。私もまた外国人と結婚をしたのだ。母は異国で出産した時、たった一人だった。そのためか一人娘の私が出産と告げても来てくれる気配もなかった。しかし飛行機に乗ったこともない祖母が京都から風呂敷包みを抱えて宮崎に来てくれたのだ。心強かった。

私の記憶はさらに紡がれる。私の知らない過去が、やさしい京都弁でまるで終わりのない物語のように、堰を切って祖母の口から迸り出る。祖母は赤子を抱いて微笑んでいるのだ。

曾孫は私の初めての娘だ。娘は大きな目を見開き、まっすぐ祖母の顔を見つめている。初めての曾孫を抱く手の確かさ。私なんて怖くってびくびくものだ。娘も祖母の手のなかが居心地がいいらしい。まだ目も見えないのに祖母の優しい言葉に応えるかのようにしっかりと顔を向けている。

側にいる私に語るともなく呟く。

「孫は抱かれへんやった。あんたのお母さんが遠い国にいかはったんや。あんたが生まれたって聞いたとき、わてはなぁ、お人形さん買ぅてきて抱いてたんえ。ほんでなぁ、歌、うとうてたんぇ。どんな顔やろ……かいらしやろか。かいらしいにきまっている！　そんで、人形にあんたの名前つけたんや。『うた子』って。おじいさんはなぁ、お人形抱いて歌ったはったぇ。『うたこちゃんよ　かめこちゃんよ』ってね」

「トキおばあちゃん、私がかめこちゃん?」

祖母は曾孫の顔を見つめながら歌いだした。

赤い靴　はいてた　女の子
　異人さんにつれられて　行っちゃった

「異人さんは、レモさん。あんたのパパさんぇ」。ぽつりといった。自分の娘が異人さんに嫁ぐなんて思いもよらなかったのだろう。
祖母が曾孫をあやしながらくちずさむメロディは続く。私は、その時の花の香り、風のそよぎ、あの時のあの日差しまでしっかり記憶している。忘れることはできない。私の身体のどこかが覚えているのだ。それだけではない、祖母の歌とともにある風景が甦るのだ。

　横浜の　埠頭(はとば)から
　汽船(ふね)に乗って
　異人さんにつれられて　行っちゃった

海なんて見たこともないといっていた母。その母が十九歳で両親の許しも得ずに愛した人の国に嫁いで行った。

いまでは　青い目に　なっちゃって
異人さんの　お国にいるんだろう

異人さんのお国と母の国が戦争をした。血の繋がった母と祖母はどんな思いでその年月をすごしたのだろう。

赤い靴　みるたびに　考える
異人さんに逢うたび考える

私の祖母は娘を思っていた。母も祖母を思っていた。絶対そうにちがいない。

産まれた日本が　恋しくば
青い海ながめて　ゐるんだろう
異人さんに　頼んで　帰って来

日米間の戦争が終わって七年後、私は母と異人さんである父に連れられて祖父母の国に来た。母は二十年を超えての帰郷。金髪だけれど青い目ではなかった「うた子ちゃん」という孫娘の私を連れて。

その私がそれから二十五年の時を経て祖母に曾孫を抱かせることができた。祖母は曾孫をあやしながら歌う。

赤い靴　はいてた　女の子
異人さんに連れられて　行っちゃった

そしてこうもつけくわえるのだ。

「あんたが九州の人と結婚してくれてうれしいわぁ」。祖母に抱かれているのはきっと私なのだ。抱きたかったんだろうなぁ……。

涙を見せない祖母と母。私の全身は今二人の涙を感じている。そして嗚咽をこらえながら「赤い靴」の歌を息も絶え絶えに歌う。

ここでは涙が許される。

祖母の歌う「赤い靴」を聴いてから何十年もの時は流れたのに、この鮮やかな記憶に私はいまなお圧倒されている。私は、どこにこの思いを封じ込めていたのだろう。どこにこの哀しさを抱えていたのだろう。

あぁ、あのとき向日葵がすっくと立っていた。燦燦と差し込む光を背にして祖母は歌っていた。まぶしいような白の割烹着を身につけている。白のドレスを来た娘も満面の笑みだ。この光に導かれて私はこれからを歩もう。

もう私は泣かない。


出棺の時が来た。「赤い靴」の歌の音楽がまだ静かに流れている。合掌して見送る。遺影は育代さんの胸にやさしく抱かれている。九十六歳という天寿を、育代さんは嫁として支え、看守られた。息子さんの歌う「赤い靴」の歌を聴きながらご母堂は赤い靴をはいて、これから光の国に向かわれるのだ。

天国へのお迎え人は、きっと異人さんに違いない。

註・童謡　赤い靴
作詞　野口雨情
作曲　本居長世

須河信子

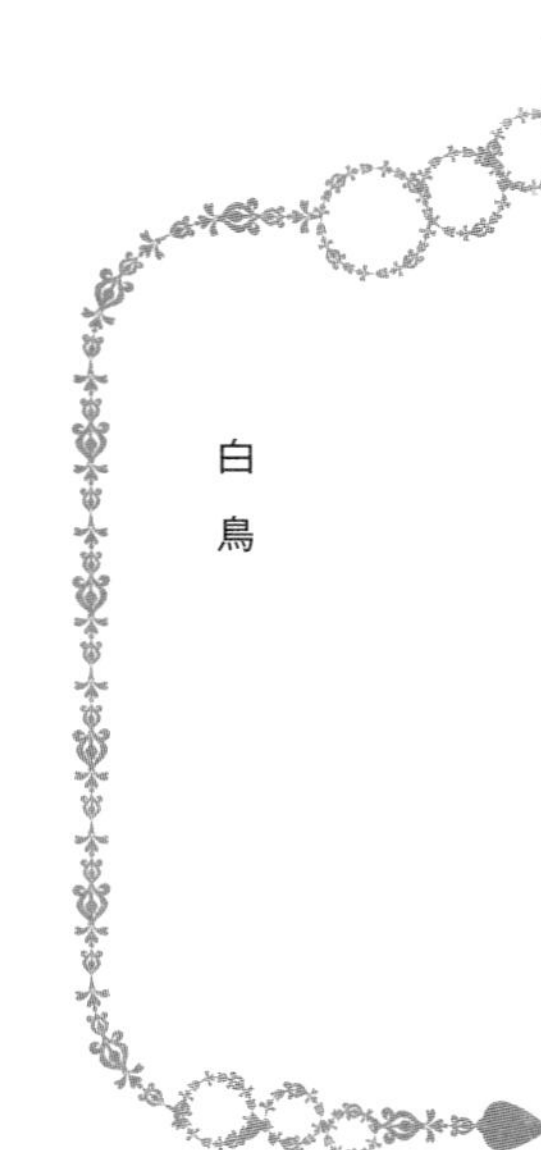

白鳥

二〇一三年七月、私は熱田神宮を目指して中部国際空港に降り立った。

寝転がって読書をする癖のある私は、枕元に様々な本を馬蹄型に並べている。三島由紀夫の本の上には三島由紀夫の本が重なり、遠藤周作の本の上には遠藤周作の本が重なり、カミュの本にはサルトルやボーボワールの本が重なり、といった具合に一応分類はしてあるのだが、これらの本の山が一年に二、三度、顔の上に降ってくる。

痛い。痛い上に本を積み直さねばならない事態が発生するのだ。目的の本を引き抜くには、熟練の技が必要だ。ダルマ落としの呼吸に似ている。

しかし、古事記ばかりは重いので私はそんな冒険はしない。顔の上に落とした時の悲惨さを覚えているからだ。ハードカバーの本は顔に落とした時のダメージが大きい。

私が愛読している古事記は『口語訳古事記真福寺版』だ。

その日、私は『人代篇　其の三』を読んでいた。ヤマトタケルの戦いと恋、というくだりである。

この本体の本とは別に、神々と神社の関係を記した本もある。最初はそれぞれ別に読み込むのだが、やがて私は関連する部分は並行して読むようになった。

ヤマトタケルは東国征伐の途中、能煩野（のぼの）（現在の三重県亀山市）で伊吹山の神との戦いに敗れ、病で亡くなったとされている。墓所も三重県亀山市にある。

しかし名古屋にはヤマトタケルの草薙の剣をご神体とする熱田神宮がある。ヤマトタケルが鳥になって降り立った場所であるという白鳥御陵（しらとりのみささぎ）がある。

白鳥御陵という言葉が私の心を捉えた。

行ってみたい！

思い立ったら、いてもたってもいられない。旅行会社に飛んで行って二泊三日のホテルパックを予約した。

一週間後、私は名古屋にいた。

滞在一日目。下見をするつもりで、熱田神宮に行ってみた。目指す方向に大きな森が見える。ナビはその場所を熱田神宮であると示している。宮崎神宮程度の規模であろうと想像していた私は驚いた。街の中に巨大な森が出現したのだ。

元々神道の信仰の対象になっていたのは鎮守の森だ。そこに人間が社を建てた。成り立ちからすると納得できるのだが、それにしても大き過ぎる。

境内の広さ、約六万坪。飛地境内地を合わせると約九万坪。実際に目の当たりにすると訳がわからないぐらい大きい。ちょっと下見などという規模ではない。

その日は閉門時間間近だったため、本殿に参拝するだけに止めることにした。しかし、参道が長い。なかなか行き着かない。

見えた！　神明造のシンプルな建物だ。本殿の前には木製の柵があり、その向こう側を朱色の袴姿の巫女さんが行き来している。

緑の木々。茶色の柵。そして垣間見える袴の朱。私はため息をついた。過剰な装飾がないため、調和が取れている。

よし、明日はここをゆっくり見物するぞとホテルに帰ろうとした私は、道に迷っていた。自分が車を止めた場所がわからなくなってしまったのだ。ひたすら歩き回り車にたどり着いた時、私はぐったりしていた。

ホテルの部屋に入り、私は自分が軽い熱中症にかかっていることに気がついた。名古屋は思ったより湿度が高かったのだ。

翌日、私は再び熱田神宮に向かった。気温はさほど高くないのだが湿度が高い。時間はたっぷりある。ゆっくり見て回ればいいのだ。

昨日は閉まっていた宝物殿が開いている。ここならクーラーが利いているはずだ。入ってみる。さすがはご神体が草薙の剣というだけあって、刀剣類がたくさん奉納されている。学芸員さんが所在なさそうに立っている。話しかけてみた。私が『真福寺版古事記』を読んで熱田神宮にやってきたこと。そして、これから白鳥御陵に回りたいのだということなど。

「真福寺なら、ここからは近いですよ」

と学芸員さんがおっしゃる。私は真福寺も回ってみることにした。もう一度本殿に参拝して真福寺に向かった。真福寺版古事記の写本は現在、真福寺と名古屋市博物館が半分ずつ保存している。どちらも予約なしには見ることができない。

真福寺に着いたのだが、境内には幟が十本ばかりたなびいていて、賑やかだ。門柱には「大須観音」と刻まれている。教えられた場所はここなのだが、駐車場もなければ静けさもない。道路の左端に車を寄せて、本堂に入ってみた。本堂は石段を登った二階にある。線香の白い煙がこもっている。

寺の番をしているらしいおばあさんに聞いてみた。

「ここは古事記が保存されている真福寺ですか?」

「私はわからんから、下にある庫裡に行って聞いてちょうだい」

とのこと。

庫裡に行って尋ねると、

「確かにここのお文庫に真福寺写本がありますが、ご予約がないとお見せすることができないのです」

と若い僧侶が申し訳なさそうに言う。

「いえ、確認したかっただけですから」

と路上駐車の身の私は寺を辞した。

さて、次は旅の最大の目的、白鳥御陵だ。教えてもらった場所のあたりをグルグル回ってみるのだが、民家と法持寺というお寺、小高い山があるだけだ。お寺の境内に入ってしばらくあたりを眺めていると、住職が出て来られた。

「白鳥御陵を訪ねてきたのですが」

と言うと、住職は小高い山を指差して、

「そこですよ。うちは御陵のお守りをしているのですが、正面はあちら側になります。うちは御陵の裏にあるのです」

山だと思っていたものが白鳥御陵そのものだったのだ。

「たまに、夕方になると鷺(さぎ)があそこの木に止まってますんや。ああ、タケルはんが帰って来なさったんやと思いますわ」

えっ！　鷺！　白鳥はスワンではなくて鷺だったの！

私は「白鳥」を「はくちょう」だと思い込んでいたのだ。

宮崎に帰って以来、私はずっと鷺を求めてさまよい歩いた。えびのにある白鳥神社も、ヤマトタケルが降り立った場所だと聞き、行ってみた。季節は冬。ノーマルタイヤは見事にスリップした。それでも雪中行軍を決行。車を降りて歩くことにした。歩みを進めるにつれて雪の量が増す。久々に新雪を踏みしめる。ギシッ、ギシッと懐かしい音がする。雪に埋もれた階段を上り、足跡一つない雪の中を本殿へと進む。

しかし、いくらヤマトタケルゆかりの神社とはいっても、鷺の姿はあるはずもない。

私はだれかれ構わず尋ねてみた。

「鷺はどこで見られる?」

するとみんな、こう答えるのだ。

「田んぼのあちこちにおるよ」

田んぼを探して走り回るのだが、なかなか鷺に出会えない。

今年の七月に、私は友人が撮影したばかりの鷺の写真を見た。凛と首を伸ばして立っている。望遠レンズで撮影したものだろう。

「これ、どこで撮ったの？　教えて！」

友人は私の熱意に押されて、秘密の撮影場所を教えてくれた。

白鳥がスワンではなく鷺だと知ってから三年になる。私はその場所を目指して車を走らせた。所々で情報を拾い、場所を特定してゆく。

最後に、ある温泉施設に飛び込んで尋ねた。

「鳥の鷺を見に来たのですが、どこで待機していれば見られるでしょうか？」

「うちを出られて左に少し行かれたところの右側に田んぼに入る道があります。そこでよく見られますよ」

鷺を見るまでは絶対に帰らないぞ、と決意した私は長期戦を予想して、温泉施設でお弁当と飲み物を買った。これを食べながら待っていたら、きっと見られるはずだ。御礼を述べて温泉施設を辞する。

この道かな。少し広めの畦道があり、車輪の跡がある。道の両側には草が繁っている。畦道の方に倒れている草もある。タイヤが滑る。ゆっくり、ゆっくり車を前進させる。と、右側の田んぼのこちら側に白いものが見えた。車の気配を感じたのだろう。その白いものが一斉に飛び立った。五羽が連続して離陸する。流線型の細く長い羽根。広げるとかなりな長さになる。一、二度軽く羽根を上下させると、風をとらえて滑るように上昇する。

鷺だ！

私はブレーキを踏んで眺めていた。

一瞬のうちに鷺の群は田んぼのあちら側に行ってしまった。追いかけるには田んぼの中を歩かねばならないのだが、たぶんまた逃げられることだろう。私は車の窓を開けて田んぼの向こう側にいる鷺を眺めていた。

父である景行天皇に疎まれて、西方征伐、東方征伐に追いやられたヤマトタケル。そして彼は父の元に還ることなく病に倒れた。親に受け入れられなかった子どもの魂は落ち着く場所を持たない。

まるで諦めたかのようにゆったり飛ぶ鷺にヤマトタケルの魂を重ねた太古の人も、帰る場所を持たない子どもの孤独を知っていたのだろうか。

流れるように空を切った鷺の姿は、私の心に幾筋かの血の跡を残した。私は自分がヤマトタケルに惹かれた理由に思い当たった。

鈴木直

はじめての便り

「お義父さん、危ないみたいよ」

「えっ、本当に？　お義父さん、大丈夫かしら」

小生の言葉に実母が不安を露わにします。

「バカ！　そんなん人は簡単に死なんよ。心配すんな！」

実父のなだめる声が受話器の奥から聞こえます。そんな実母との電話のやり取りが済んで、数十分後、妻から厳しい現実が告げられました。

平成二十八年一月二日　義父　死去　享年六十九歳

例年、正月は地元大分で過ごすことにしていますが、今年は実父の希望で宮崎で正月を過ごすことにしました。

平成二十八年元日

小生の実家は、海抜約九百メートル、九重連山の麓の温泉街・湯坪にあります。冬になると数十センチもの積雪があり、暫く山里は雪に閉ざされます。極寒の湯坪で過ごす正月とは対照的な温かい南国宮崎での正月。実父は久しぶりに見る水平線から昇る初日の出を楽しみにしていました。

早朝、初日の出を拝み、その足で宮崎神宮へ初詣に行きました。おみくじを引くと、息子たちは大吉。小生は中吉。ちなみに、「旅立ち　思い切って出よ　吉」「恋愛　顔によらず心を選べ」とあります。今年は旅立ちと恋愛（?）に積極的にチャレンジしていきたいと決意を新たにするのでした。

冗談はさておき、今年は幸先が良い！　良い年になることを疑いませんでした。

一月二日

大晦日から宮崎に来ていた両親が大分へ戻る日となりました。結局、義父に会わずじまいだったので、自宅で療養している義父に挨拶を済ませてから、両親が帰ろうとしたとき、義母と義妹がわが家に現れました。義父は体調が思わしくないため、入院したというのです。そして暫く世間話をしていると、義母の携帯が鳴りました。病院からです。義父の容体が悪いというのです。義母と義妹、妻、息子たちは直ぐに病院に向かいました。小生は、両親を見送って、間もなく妻からの電話を受けました。一度目は「危篤」、そして二度目は「絶命」でした。

妻は葬儀などの準備を理由に暫く実家で過ごすことになり、わが家では息子たちと三人で過ごすことになりました。その夜、いつも一緒に寝ることを嫌がる息子たちもこの日ばかりは素直でした。三人で枕を並べながら、義父を偲びました。

「お爺ちゃんは、どんな人だった?」

「……………」

小生の問いに息子たちは沈黙を続けます。

「優しい人だったよね?」

「うん」

小生の問い直しに長男が答えます。そして優しすぎる義父に甘えすぎていたと長男が漏らすのでした。

そう言えば、義父の優しさが過ぎて、警察沙汰になったことがありました。某日、自宅に電話があり、妻の実家が大変なことになっているので、すぐに来てほしいというのです。駆けつけてみると、お年寄りが義父をつかまえて、「金を返せ！」と叫んでいるではないですか！

事情を聞くと、お年寄りはかつての取引先で、お金の無心を方々にしていたところ、ほとんど相手にされなかったわけです。しかし優し過ぎる義父が相談に乗ってしまい、話がこじれて、取引代金が支払われていないことになったというのです。

無論、根も葉もない話です。お年寄りとしては、話を聞いてくれる人であれば誰でもよかったのかもしれません。遂には、支払いに応じない義父の自宅まで詰めかけたというのです。一時、辺りは騒然となり、流石の義父も「参ったなー」という表情を浮かべた様子が印象に残っています。

暫くすると、警察官が来て「あとは署で聞く」という決まり文句を残して、お年寄りを連行して行きました。優しすぎる性格が災いとなった、義父らしいエピソードでした。

一月三日

朝、テレビをつけると、正月恒例の箱根駅伝が放送されていました。復路の区間でも、前回覇者A大の快走が続いています。一方、母校M大は、往路二区では二位でタスキを繋いだものの、三区でまさかの大ブレーキ。復路でも苦戦を強いられていました。

ところで、妻との出会いから十五年が経とうとしています。妻と運命の出会いを果たしたことは言うまでもありませんが、それ以上に運命を感じたのは義父との出会いでした。妻から聞いていた義父の経歴は、高校では柔道部、大学では少林寺拳法部に所属したという筋金入りの体育会系で、一生涯、青果市場で働いているということでした。男性は、初めて相手女性の父親に会うときは、極度の緊張を伴うものです。特に、武道と仕事一筋の父親ならばなおさらのことです。

「お義父さんの出身校はどこ？」

妻の実家へ挨拶する前の某日、小生が妻に問いました。

「話さんかったけ？　Mよ」

「えっ、M？」

校友（同窓生）ではないですか！　急に親近感が沸いてきて、これならイケると勇気が出たことを昨日のように憶えています。

実際会ってみると、少林寺拳法の厳つい想像からは似ても似つかない温和な方で、しかも大の酒好きときたら、親密になるには多くの時間を要しませんでした。

義父は昭和四十年、宮崎の高校からＭ大学農学部に入学。少林寺拳法部に所属して、同期生数名で中野に一軒家を借り上げ、共同生活を行っていたといいます。青春時代に寝食を共にした同期生との絆は固く、卒業後も同期会を数年に一度行いながら、親交を続けていました。会では、毎回カラオケに行くのが通例となっており、そこではきまって義父は森田公一さんの「青春時代」を熱唱するのでした。自らの青春時代を回顧するかのように。

数年前、Ｍ大は志願者数が日本一となり、脚光を浴びることになりました。母校が繁栄することは、とても喜ばしいことです。今では、都会的でお洒落な大学というイメージが定着したと聞きますが、バンカラが売りだったかつてのＭ大生としては、なんともコソバユイ気持ちがします。

当時のシンボル校舎は、御茶ノ水にあった「記念館」でした。三代目記念館は昭和三年竣工で、洋風の重厚な造りは、Ｍ大の歴史の重みを感じさせるものでした。小生が四年時に記念館は取り壊され、現在ではスカイスクレーパーに代わってしまいました。義父とは一世代違うわけですが、「記念館世代」という帰属意識を共有できることが何よりも嬉しいのです。

一月四日

しめやかに葬儀が執り行われました。弔問客の中には、少林寺拳法部ＯＢの方々も、遠方にも関わらず参列してくださいました。

「Ｓよ、俺は死んだとか？」

葬儀の途中、ＯＢのＳさんは、義父の声が聞こえたというのです。急逝した義父は自らの死を受け入れることが出来なかったにちがいありません。われわれと同様に。

六十九歳だった義父は、いまだ現役のまま青果市場で働いていました。体調の不調を感じながらも、昨年十二月二十九日の仕事納めまで働いて、正月休みに入ってからは、自宅で療養していました。医師の診断は当初風邪でしたが、容体は悪化の一途を辿り、最後は肺炎を患い、帰らぬ人となりました。突然の別れに触れ、命の儚さを改めて痛感しています。

拝啓

お義父さん、お元気でしょうか？　こちらは皆、元気に過ごしております。

昨年末のクリスマス・パーティーでお会いしたのが最後でした。その節はお世話になりました。お義父さんの同級生Ｔさん一家と過ごす楽しいパーティーでした。今年もご一緒できるとありがたいのですが。

ご報告です。努力家のR君は、勉強にサッカーに励んでおります。担任の先生から、「R君は質実剛健。男気がある」というお褒めのお言葉をいただきました。十歳の子どもには、少々勿体ないほどの高評価だとは思いませんか?

一方、移り気なSちゃんですが、遂にスイッチが入りました! 水泳、ピアノ、サッカーと紆余曲折はありましたが、今春ソフトボールチームに入団しました。なので、週末はサッカーにソフトに大忙しです。こんな時にお義父さんが居てくれたらと思うことがしばしばです。

これで最後にしますが、先日お義父さんの育てていたメダカの卵をSちゃんが持って帰りました。今大切に育てているようです。このことは、お盆にお帰りになったときに、お話ししますね。

それでは、お体にだけにはお気をつけください。

敬具

平成二十八年六月吉日

鈴木　直

鈴木康之

蓼食う虫

蓼食う虫

私のカラオケの持ち歌の一つに「いつでも夢を」というのがあった。この曲は橋幸夫と吉永小百合のデュエットソングで、昭和三十年代後半大ヒットした。年表を繰ってみる。

昭和三十五年　池田内閣成立　所得倍増計画
　　　　カラーテレビ本格放送開始
　　　　潮来笠／橋幸夫

昭和三十六年　ガガーリン（ソ連）初の有人宇宙飛行
　上を向いて歩こう／坂本九
昭和三十七年　新産業都市建設促進法公布
　キューバ危機
　いつでも夢を／橋幸夫・吉永小百合
昭和三十八年　第一回全国戦没者追悼式
　ケネディ大統領暗殺
　こんにちは赤ちゃん／梓みちよ
昭和三十九年　日本ＯＥＣＤに加盟
　東京オリンピック開催
　中国初の原爆実験
　東京モノレール・新幹線開通
　柔／美空ひばり

　わが国がようやく先進国の仲間入りを果たし、高度経済成長の下「いつでも夢を」見た時代があった。この曲はデュエットだから独りではダメで、スナックのママさんが仕方なくいつも付き合ってくれていた。

私は昭和三十三年に旭化成㈱に入社したが、どういうわけか延岡での仕事が多く、昭和四十年代後半からは同延岡支社の総務系統の業務に携わっていた。舛添元都知事ならずとも役得はあるもので、お忍びで来延する芸能人の世話係を仰せつかることが多々あった。来延する芸能人はその頃会社がスポンサーをしていた「スター千一夜」、次いで「なるほど・ザ・ワールド」の出演者で、会社の発祥の地・延岡に慰労をかねて招待していた。招待の時期は延岡名物の「鮎やな」の架かる秋が主であった。お世話をした芸能人で特に印象に残っている人を挙げてみると、石坂浩二・浅丘ルリ子夫妻、吉永小百合、佐久間良子、関口宏、司会者として愛川欽也と楠田枝里子などがいる。別途坂本九もお世話した。

中でも吉永小百合は清楚で若く、ハキハキと受け答えして、「やな」にかかった鮎がピチピチ跳ねるのを見て「キャッ、キャッ！」と素直に喜んでくれたことを鮮明に覚えている。私がサユリストになり、「いつでも夢を」を持ち歌にした動機は全く単純でこの時からと言ってよい。ちなみに、吉永小百合は「スター千一夜」の出演回数が九十回とダントツで、二位は七十二回の王貞治選手であった。

今年も五ヶ瀬川水系と祝子川・五十鈴川両水系では六月一日、鮎漁が解禁された。北川水系と耳川水系は、例年通り資源保護の観点から六月十日、それぞれ解禁された。鮎漁の愛好者は長竿をしならせ、踊る銀鱗の感触が何とも言えないそうだ。

私と鮎との出会いは少年時代、疎開先であった綾町の大淀川上流に位する綾南川に遡る。ハエ釣りはすぐ覚えたが、水中眼鏡越しに釣針で鮎を引っかける漁法はなかなかのものだった。初めて鮎の友釣りを見た時は、一度に二匹とはすごいと感心したものだ。大淀川は宮崎の自宅に近く、幼少の頃から親しんで来た。夏休みには竹馬の友と「段杭」の出た岸辺で泳いだり釣ったりした。小さい釣針に餌のみみずをつけ、エビやハゼ、時にはウナギが釣れた。時局柄我が家では貴重なたんぱく源であったが、鮎にお目にかかったことはない。時に堤防に日傘に隠れた心配性の母の姿があり、みんなの手前恥ずかしかった。あの頃が懐かしく下北方町にある大淀川学習館にはよく足を運んでいる。

一昨年夏のこと。先輩で長年の心友でもある延岡在住の塩月二男さんから天然鮎を頂戴した。塩月さんは一家を成す書家で、私の人生の節目には必ず「揮毫」をして戴いている。この年は「傘壽」であった。宮崎でも鮎の養殖ものなら五月末にはスーパーの店頭に並ぶが、長年天然のものに親しんで来たせいかどうもそれほど食指が動かない。ただし、昨今養殖技術の向上で肉質は著しく改良されてきている。また、中には苔の匂いを感じる天然ものを敬遠して、養殖ものを好む人もいる。

塩月さんからの天然鮎に接し真っ先に頭に浮かんだのが、延岡時代鮎の塩焼きにつけて戴いた定番の「蓼酢（たで）」のことだった。「たで酢」は古くより鮎の塩焼きなど魚料理に添えられることで知られ、「たで」の辛味と清涼感が程よく愛でられてきた。

さりながら、それからが大変だった。「たで酢」を求めて四苦八苦することになろうとは。早速、宮崎市内の百貨店、主だったスーパーなど当たってみたが、どこも取り扱っていないのには正直驚いた。ネットで検索すると、大阪の「大徳」という商社が扱っていることは分かった。

とは言え、鮎なら「鮎梁（やな）」のある延岡が本場ではないか。「たで酢」の市販品は必ず存在すると信じて、塩月さんに電話したのがいけなかった。塩月さんは、食品問屋、スーパーなど主な食品店、鮎取扱店など行脚されたが延岡でも市販品は存在しないことが判明した。

それからが圧巻だった。塩月さんは何と昵懇の旅館の女将さんに頼み込み、女将さんは川に自生する「たで草」を摘み、手製の「たで酢」を作り、それが私に送られて来たのだ。塩月さんのご配慮誠に有難く、全くもって汗顔の至りと言うほかはなかった。

先日延岡で永年天然鮎を扱う「高見鮎商店」の三代目高見宏社長にお会いすることができた。近年、天然鮎の漁獲量が著しく減少するなど業界の厳しい事情をつぶさにお聞きしたが、その際、ずーっと気になっていた「たで酢」のことをお尋ねすると、「昔は料理店で自家製を出していたし、市販もしていたかと思う。今の若い料理店では出していないし、食品専門の問屋の販売員もたで酢なるものを知らないね」とのことだった。

到来の酢に蓼摘む妹が宿　　虚子

「鮎やな」は、秋産卵のために川を下る鮎の習性を利用し、川を堰き止め簀子に誘い込む伝統的な漁法だが、延岡市の広報ネットによると、「のべおか水郷やな」は三百年の歴史を誇り、江戸時代、延岡藩主・三浦氏（一六九三・元禄六年）の時代から地域の特産として幕府に献上され、保護されてきたとのこと。また、「鮎の友釣り」や「たぬき汁」のエッセイで著名な随筆家・佐藤垢石は、「延岡のアユは味、香り、姿まで日本一」とコメントを残しているそうだ。平成十三年には、環境省が行なった「かおり風景百選」に「五ヶ瀬川の鮎焼き」が選ばれている。

ところが、世の中には「蓼食う虫も好き好き」で鮎を食べない人もいる。やな場に来て、愛川欽也は全く鮎に箸をつけなかった。何でかと聞いてみたら、「実は親の遺言で川魚は食べないことにしている」とのことだった。相方の楠田枝里子がパクパク欽也の分まで食べてくれたのが愉快だった。

先日朝日新聞に、昨今日本では「魚離れ」に歯止めがかからないとして、「食べたいお魚」

ランキングのアンケート調査が出ていた。それによると、ウナギが一位、マグロが僅差で二位、アジ、サケ、サンマ、ブリ、サバ、カツオ、イワシ、タイと続き、わが愛しき「アユ」は十一位に位している。次いでアナゴ、カレイ、キンメダイ、ヒラメ、フグと約七十種が調査対象になっている。アユがフグより上位で、同じ淡水魚でウナギには及ばないが、アユは大いに健闘しているのではないか。

さはさりながら、延岡の天然鮎の漁獲量は近年竿釣り、「鮎やな」を併せて最盛期の十分の一以下まで激減してきている。また、「鮎やな」は、来客数の伸び悩みなども重なり、経営的にも苦しくその存続が危ぶまれてきた。漁獲量の減少は延岡に限らず、全国の鮎の産地も同じで、岐阜市は昨年、鵜飼で名高い長良川の鮎を「準絶滅危惧種」に選定したほどだ。「準」の意は「すぐに絶滅する危険性は小さいが、将来的に絶滅の可能性がある」とのこと。なお、ご案内のように「ニホンウナギ」や「本マグロ」は、国際機関によって「絶滅危惧種」に選定されている。

漁獲量の減少の原因は、台風などの自然災害や人為的な開発などによる山林や河川の荒廃、加えて養殖向けの「稚鮎」の乱獲が指摘されている。このため関係漁協は「水源の雑木林の保護」や「稚鮎の放流」に力を入れてきた。げに「森は川の恋人」でもある。一方、延岡の貴重な観光資源である「伝統鮎やなの保存、再興」への取り組みが官民挙げてなされてきている。平成二十一年には、市民団体、経済団体、漁協、学識経験者、関係行政からなる「これからの鮎やなを考える会」が設立され、その推進母体になってきた。「延岡水郷やな」（大貫町）の架設や付帯する食事棟建設等の元請的業務は延岡観光協会が当たり、延岡市は同協会へやなの架設費として千七百万円、他の架設者へ三百万円補助している。

今年は新年早々うれしいニュースがあった。平成二十七年度の食事棟来客数が、秋の営業期間中約二万二千五百人（前年比約五千四百人・三一％増）と飛躍的に伸びたのだ。もちろん売上高も過去最高になったそうだ。アンケート調査によると、来客者は市内を除く県北地区や大分県からの増加が目立ち、東九州高速道路が開通した効果によることは明らかだが、地元関係者の鮎やなにかける執念も見逃せない。九州中央高速道路（延岡―熊本県・嘉島町）の早期開通が望まれるところだ。

私が延岡に居た頃は、鮎やなは三カ所も四カ所も架設され、正しく工都・延岡の「秋の風物詩」であった。

鮎焼きの香りを聞いて子は育ち　康之

竹尾康男

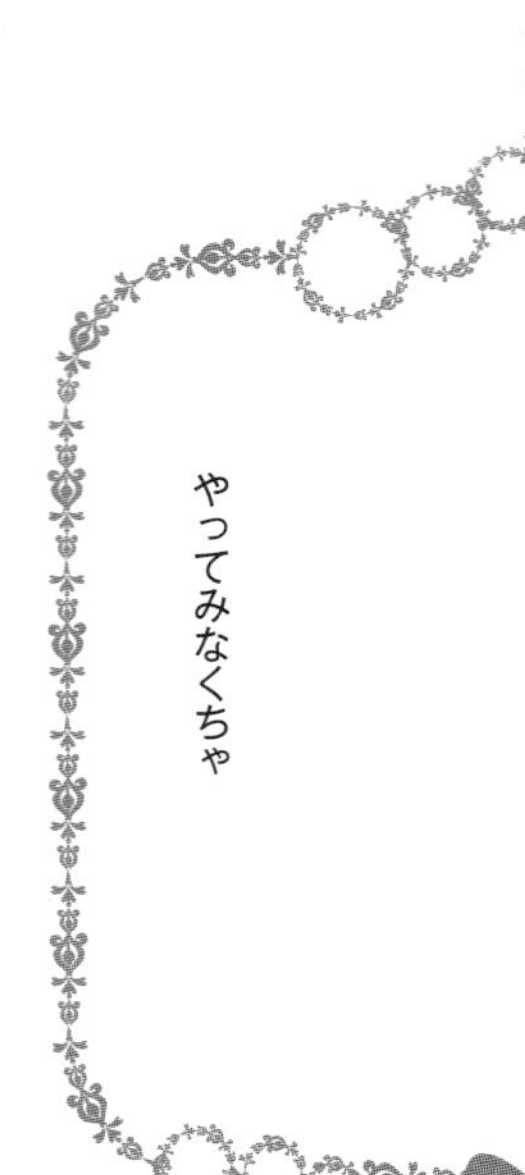

やってみなくちゃ

私が初めて社交ダンスなるものを見たのは昭和二十二年頃でした。その頃の延岡は、まだ敗戦後の生生しい惨状をところどころに残したままで、電灯がつくのは旭化成社宅と旭化成関連の事業所だけでしたから、社交ダンスをやれるホールは旭化成武道場だけに限られていました。

精神性を重んずる武道場が旭化成社交ダンス部に寸借されて夜毎にダンスホールに変貌するという訳です。そして天井から吊り下げられた手製のミラーボール擬いの赤・青・黄の光がくるくる回って、抱き合った男女を妖しく照らし出します。その有様は、本来の神聖で厳粛な雰囲気の武道場とはまるっきり違った異様なもののように思えました。暗い部屋の中で抱き合った男女が色つき電気の光で浮き上がって見えるのですから、幼い私でも退廃的だと思いました。スロー・スロー・クイック・クイックとリズムをとってはいるものの、ほとんどのペアは混み合っていることをいいことにして、身体をゆっくり揺するだけで足踏み同然のステップです。二人してブルースに酔ってしまって恍惚となっています。

恐らく戦争中の禁欲的生活から解放されて親に内緒でやって来ているのでしょうが、日中の継ぎはぎだらけの服を脱ぎすてて、たった一つあるか無しかの洋服に着替えて毎晩外出する訳を親に見破られないようにするのは大変な苦労だったことでしょう。

大人が眉をしかめるようなことは、得てして若者の間では流行するものです。楽しみの少ない敗戦後ということもあって、その後数年間のうちに延岡市ではますます大流行し、乱立したダンスホールはどこも満員だと聞いていました。

私の兄も就学先の福岡市でダンスを覚えたそうで、帰省するとすぐにダンスホールに直行するというのぼせ振りでした。おまけにダンスがひけると、悪い仲間が連れだって私の家にやってきて、ウイスキーを飲みながらタバコの煙がムンムンする中で麻雀を徹夜でやるという乱行振りです。兄をダンスに誘いに訪ねてきた女性はと勉強部屋の窓からそ〜と覗いて見ますと、ロングスカートをはいた太めの人で、高いハイヒールで歩くたびに大きな胸がユラユラと揺れるのを見て、私は気分が悪くなりました。

ムンムンとして汗臭く、タバコの煙にむせる暗いダンスホールで酔狂した後、きまって徹夜の賭け麻雀です。タバコの灰で畳が焼けるのも気付かないほどの熱中ぶりに、呆れて情けない表情をした母は私にグチを並べます。親孝行で多感な私は、大学生になってもタバコも麻雀もそしてダンスも決してやるまいと本気で決心しました。

大学に入学した私は教養課程の二年間を本当によく勉強しました。点数稼ぎだけが目標の長い大学受験勉強から解放され、ラテン語や心理学など初めて学ぶ教科の数々は新鮮で高尚な学問に思えます。学ぶことの本当の楽しさを知りました。

模範的な生活をしたお陰で、二年間の教養課程を終了した後に改めて受験する医学部入学試験は難なくパスしました。これから四年間も大学生活を延長して楽しめると思うと、真面目一辺倒だった私も気が緩みます。テニス部・山岳部・柔道部に籍を置き、勉強そっちのけで遊び呆けて、挙句の果てには昔の誓いを平気で破って禁断のダンスの教習を受け、夜な夜なダンスホールに通い詰めました。

昔と違ってダンスは既に下火になっており、ウィークデーの夜は貸切り同然のガラ空きでした。人柄が良く素直で且つ運動神経の発達したパートナーを見つけて、広いホールを縦横に踊りまくりました。夏でも詰襟の学生服を上下に着込んでホール狭しとスピードに乗って踊り、授業中に考案したステップの連鎖を実施に移して研究していると、足はパンパンに張り大汗が背中を伝わり、息があがってハアハアします。この大汗と適度の疲労感が堪らないのです。昔心底から嫌悪した「雑布ダンス」とか「妖艶チークダンス」と罵倒したダンスとは全く異質のダンスを体験してみて、その人の考え方次第で完全なスポーツとして楽しめることを知ってからは、自信をもって「禁断」を解き、ダンスを始めたことを胸を張って母に報告することができました。

社交ダンスがスポーツであると考えるようになると、次にくるのが競技ダンスです。競技会で勝つために何冊もの教本を読み、授業中も頭の中で踊り、指はペンを持つ代りに、人指し指と中指を使って机の上にステップを描く日々が続きました。

楽しい遊びが続くうちに基礎医学を学ぶ二年間は瞬く間に過ぎ去りました。患者さんを講堂に連れてきてやる臨床講義と、大学病院の外来患者さんを直接に診療するポリクリという授業が始まると、あれほど熱中していたダンスを練習する余裕がなくなって、未練たらたら猛勉強の生活に戻っていきました。

医学部を卒業するとインターン研修を一年間やらねばなりません。インターンとは大病院の指導医の許で全科を広く学ぶ制度ですが、実際は医師の手助けをしながら臨床を学ぶ無給の丁稚生活です。

野放途な性格のせいか、勉強そっちのけでダンスに興じ、英会話学習を口実にして駐留米軍が出入りする飲み屋に通い始めました。こうした遊び人のくせに歌手や俳優やミス○○なんていうものにはアレルギーがあり、目にするのも耳にするのも嫌で、テレビにタレントが映るとすぐスイッチを切るほどでした。

ところが、この実習病院では毎年クリスマスの日に全職員で演劇大会をするのが慣例になっていました。

全職員を三つの班に分けて、それぞれの班が自由に演目を決めて三か月かけて練習し競演するというものです。インターン生というのは病院にとっては便利屋であり、丁稚ですから逃れようもなく、夏過ぎた頃私もある班に強制的に配属させられて、通行人ではなく準主役を命ぜられました。一番嫌いな俳優の真似をさせられるのは耐え難く、いろいろと口実を作ってサボっていましたが、だんだん公演日が近付くにつれて真面目に練習せざるを得なくなりました。

私の班の主役は高校時代に演劇部で活躍したと噂される小娘が務めますが、ふだんの仕事ぶりがパッとせず好感度も低い人なので軽くみていました。ところがこの人が一旦演じ始めますと、存在感が凄くて周りの人までピリッとした雰囲気に包んでしまいます。私もいつの間にか引き込まれて夢中で相手をするうちに、演劇という作りものにリアリティを感じて演技し、一挙一動に神経を使うようになり、挙句には暇をみては演技の工夫をするようになりました。

いよいよ公演の日が近づくと、優勝班には大きな賞品が出る上に、個人賞も幾つか用意されていることが発表されて競争意欲を煽ります。幼い頃のトランプ遊びでさえも小さな子どもだましの賞品が付いただけで目の色も息遣いも変わるほど盛り上がるのとよく似ています。班員の誰もが負けん気を出すだけでなく、心も一つになりました。

私達の班の意欲が他の班を圧倒したのでしょうか、思いがけぬ優勝が転がりこみ、ご褒美として全員に芸術座の入場券が渡り、それとは別に私は熱演賞を受けました。

ちょうどその時の芸術座では菊田一夫作の「がしんたれ」がロングラン中でしたので皆で揃って観劇に出かけました。女性達はそれぞれに着飾って、和服姿の人も複数いるほどに意気込んで乗りこみました。

「がしんたれ」は菊田一夫の自叙伝のようなもので、人間が目的をもって生きることの素晴しさと人の世の「情」というものについても考えさせる感動的な作品でした。すぐ前の「がめつい奴」に続いて「がしんたれ」でも中山千夏が名演してロングランの記録を作っただけでなく「天才子役」の名声を確立した公演でした。

中山千夏だけでなく、登場するすべての俳優が素晴しく、これぞ芸術だと認識を新たにさせられました。その後は観劇に夢中になって多くの公演を見ましたが、中でも「朱雀館」では中村勘三郎と勘九郎坊やに負けていない好演をした京マチ子を、単なる肉体派女優だと決めつけていた私の心の狭さを痛みを覚えるほどに反省させられました。

振り返ってみると喰わず嫌いや理由のない偏見のために本当の良さを知らないままになっているものは枚挙にいとまがありません。

御天道様の恵みの光を〝美容に良くない〟なんて言って邪魔くさい傘をさして歩く女性を見ては〝御苦労さま〟と皮肉りながら冷笑していた私ですが、ひょんなことから傘を広げて炎天下を歩いてみて驚きました。何と涼しいことか、二〜三度違うという実感です。知らなかった、ちっとも知らなかった。木陰で涼む経験をもちながら日傘をさして歩く智慧を男は知らないのです。

私が大学生だった頃、夏休みで帰省した友達を誘って「野宿」を何度もやったことがありました。野宿とは言っても野山で山賊の真似をするような本格的なものではありません。鍵のかかった旭化成のプールに忍び込んでプールサイドで寝るだけの単純なものですが、鏡のように静まった水面に映える電灯の光が美しく、その光もやや青味のある光ですから見るからに涼し気です。

持ち込んだ酒を飲み、プールで冷やしておいた西瓜を拳で割って食べ、平らなセメント地の所をプールの水で冷やしてそこに寝ました。昼間は炎天下でたっぷり遊び、夜は酒を飲んでいますからすぐに寝入ってしまいます。しかし凪になった時の蒸し暑さと、大群のヤブカに刺された痒みのために目が覚めてしまいます。そんな時は、周囲の社宅が寝静まり誰も見咎める人がいないのを良いことにしてプールに飛び込みます。始めから水着など用意していませんから全くのフリチンです。冷たくて美しい青い光が揺らぐ水の中で汗を流すと、蚊に刺された痒みが瞬時に消え、立ち泳ぎをする股間に冷たさがしみ渡り、この上ない快感と解放感を満喫できました。

この想像を絶する凄い快感はやった人にしかわかりません。そして一度経験すれば必ずやみつきになり次のチャンスを切望するように必ずなってしまうほど凄いのです。男も女も身体や心を締めつけている一切のものを剝ぎ取って、澄んだ冷水に飛び込めば、すべての憂さを洗い流し、心も身体も本来の姿をとり戻すこと請け合いです。

やってみなくちゃわからない。やってもみないで偏見を持つ心は狭くて淋しい。人から軽んじられるのはこんな心なのだと結論しました。

田中　薫

フラクタスの峰に輝く
赤い花・加藤正

フラクタスの峰に輝く赤い花・加藤正

加藤正が亡くなった。平成二十八（二〇一六）年五月一日昇天、その少し前、加藤は宮崎で若いアーティストたちと共同のグループ展をやった。次の週、都内下北沢の自宅に戻ってから翌日。かなり疲れがたまっていたのだろうか。「自分がもっと気を遣えばよかったのですが」と言ったのは、電話での長子のつぶやき。

加藤は自分の部屋で倒れていたとか。間に合わなかった。その翌週、平成二十八年五月八日、下北沢のナザレン教会で告別式が行われた。そこに来ていたのはフラクタスの荒田秀也氏。

その少し前、前年の秋、平成二十七（二〇一五）年十月、妻鈴子が一足先に三軒茶屋の病院で昇天している。それまで彼は毎日妻のもとへ通っていた。

そこで、実はこれから、ゆっくり通い詰めて加藤氏の画家人生の「聞き書き」を残したいと考えていたところだったのだが、果たせなかった。まことに残念である。

享年九十歳。大正十五（一九二六）年、宮崎県串間市生まれ。昭和二十五（一九五〇）年に東京芸術大学油絵科を卒業している。

年譜には、昭和二十六（一九五一）年「公募展の階級制度、権威性に疑問をいだき、公募展に出品せず」とあり、同時期の読売新聞社のアンデパンダン展などには出品したようだが公募展での発表はそのあと無し。その翌年、一九五二年から五七年にかけては、デモクラート美術協会に参加。宮崎生まれの瑛九の呼びかけにより、活動を続け、泉茂、靉嘔、早川良雄などの多くの芸術家たちとの深い友情を構築した。


私の加藤氏との歩みは長い。

もともと東京・蒲田にある日本工学院専門学校の非常勤講師仲間であったから。かなり前からよく知ってはいたけど、最初からそんなに親しかったわけではない。

工学院のころ、東銀座の画廊へ、彼の個展を見に行ったことがある。だが本当に親しくなったのは、私が宮崎公立大に就職してからだ。そして十月、ニシタチにあった居酒屋「麻鳥」で再会したのが宮崎での最初だ。

平成七（一九九五）年四月、私は毎日新聞社の出版局勤務を終えて、定年一年前に中途退社、宮崎公立大へ赴任した。その年の十月、ニシタチの居酒屋で疊昭吉氏によって、加藤氏との再会が実現したのだ。

疊昭吉教授が、先に麻鳥で加藤氏とあって、加藤氏から「こういう人をしっているか」と言われたという。その第一報はすぐ私の耳もとに。もちろん、それを聞いて私は「麻鳥」へ飛んでいった。それ以来の深い本格的なお付き合いだ。それからさらに、じょうだん工房などの形による詩や音楽の発表時代がしばらく続く。

それまでの私はまったく、宮崎との縁はなく、宮崎への予備知識はなかったし、住人だったこともない。無縁の地だったのだ。知人もまったくいなかった。ほとんど白紙の状態だった。けれど、今では第二の故郷といってもよいほど、友人、知人がたくさん増えた。

こうした条件を満たしてくれたのは、やはり、宮崎という風土と加藤氏との出会い、そして宮崎の持つ土地柄によるだろう。

それらの中で、加藤正と過ごした最も大きな思い出は宮崎で「フラクタス展」をやったことだ。最初は平成十三年（二〇〇一）年十一月、川野幸三のグローバルヴィレッジ綾で、加藤氏を中心として五人の設立発起人で企画し、三十九人の参加者で立ち上げたのが最初。この時が第一回目だった。タイトルは「南の光と影と」。フラクタスとは、物理学上のラテン語である。これが面白い。中心人物が毎回、かわるのである。

一回目は加藤ほか五人、二回目の企画は高見乾司、三回目からは早川直己といったように。引き続き平成十四（二〇〇二）年が二回目。タイトルは「自由なる総合に向かって」で、県立美術館の県民ギャラリーであった。それ以降は、ほぼ毎年続き、延べ五回継続した。それで多くの宮崎のアーティストたちとも、知り合いになった。

第三回、平成十五（二〇〇三）年、「断層と展開」では、宮崎県立総合博物館民家園で。第四回、平成十六（二〇〇四）年八月は若い都城出身の数学者早川直己が中心になった。第五回展、平成十七年（二〇〇五）年十二月二十～二十五日ではまた、県美、ギャラリーなどでの発表という形で。

長い間に私が加藤正からいただいた書簡はたくさんある。とりあえず手元には五十通以上あるが、数えきれない。袋にいれてあるものだけでも三十点あまり。絵入りのものが多く、詩の文言が刻まれているものも多い。同時期に作られた詩画と立体作品もいくつか入手している。展覧会の図録もたくさんいただいた。

加藤正の絵は私は好きだ。技術的にはかなりうまい。色彩も明るくて、美しい。

平成十四（二〇〇二）年九月八日に第二回展のとき、宮崎県立美術館アートホールで行われたものだが、シンポジウム「現代美術の視線を求めて」では二時間に及ぶ仲間の発言を記録したビデオがある。元ＭＲＴの森川紘忠氏が撮影したものだ。私が司会のようなことをやった。この内容がなかなか面白い。

会員の中には、みやざきエッセイスト・クラブを兼ねている人もいる。私のほかに、詩人の須河信子や、南邦和のように。

七月の最終日、小平霊園へ行き加藤正の墓地を訪ねた。西武線小平駅から五分ぐらい、比較的入口に近い第九区にナザレン教会の墓地がある。全体では二十畳くらいのスペースか。かなり広い。多くの人の名前が刻まれた教会の石碑があって、そのいちばん最後に、加藤正の名前があった。その一人前には鈴子の名前が彫られている。

加藤氏は串間市出身。その串間へは、かつて何度も訪ねたので、昔の加藤家と加藤病院もよく知っている。こうした故郷に墓石というのもよいのだろうが、東京で長らく生活した加藤氏には、やはりこの小平ののどかな環境がすばらしい。

串間には今は、私の大学の後輩で木版画家の蓮尾力が住んでいる。蓮尾は長野県丸子町の出身、蓮尾も本来は宮崎との縁はない。永く東京学芸大学の教授をつとめていたが、定年をくりあげて宮崎に越してきた。長野には海はないが、彼は海の幸が目的だったという。その目的一つのために、全国をかなり行脚して選んだのが串間だったという。だから彼も本当は縁がない。けれど、今では宮崎に欠かせない人材だし、フラクタスの一員でもある。

今は宮崎人と再婚して、串間の住民になっている。加藤はかつての飫肥中出身。そこから東京芸大へということで、とにかく俊才、秀才だったようだ。

加藤にとっては宮崎出身の瑛九との出会いが大きい。デモクラートの会員だったから。写真家の細江英公や武満徹などの作曲家とも、多彩な縁者とつながっていく。

宮崎県串間市文化会館ギャラリーで平成二十一（二〇〇九）年には、大個展「加藤正展」を開いている。その串間で加藤を中心にシンポジウムを開いたときは、パネリストを務めた。

ふりかえってみれば、私の才能などはたいしたことはない。けれど加藤正と過ごした熱い数年間は、私にとって貴重で濃密な時間を残してくれている。

そして、今年の七月三日(日)には、宮崎に在住する多くの仲間たちが集まって田中良輔が撮った映像作品を中心に、県立美術館で「加藤正を偲ぶ会」を開いたという。

谷口二郎

ひなたの国

小さい頃の思い出はたくさんあるが、その中でも一番良く覚えているのが橘通三丁目（今の山形屋の前）と橘通一丁目（今の市役所前）の交差点にあったロータリー……。と言っても若い人には何のことか分からないかもしれない。それは交差点の真ん中に高さ一メートル、直径二十メートル位の丸いドーナツ型になったコンクリートの壁があり、その中に芝生が植えられ、その真ん中には大きなフェニックスが天を仰ぐように立っていた。

車はその交差点に入ると、時計回りに曲がる。左折は九十度左（上から見ると九時方向）。

直進はロータリーを左から回り、十二時方向へ。右折はロータリーを四分の三周して曲がるようになっていた。運転している人の中には、酔っぱらい運転の人も居て、今では考えられないが、勢い余ってそのままロータリーに正面衝突することもあったらしい。それも昭和四十年に撤去され、今の信号機のある交差点になった。

今の場所にかかっている高松橋は、昔は木製だった。信じられないかもしれないが、砂利道で、左右は転落防止の高さ五十センチ位の木の欄干だった。この橋は昭和三十一年にかけられたが、昭和四十二年台風が来て、橋ごと流されてしまいしばらくは橋がなかった。その後、今の高松橋が完成した。

日南線は、昔は堀切峠の下の海岸を内海まで走っていた。堀切峠の上の道路から下を見ると、三両編成の列車が豆粒みたいに見え、海岸ギリギリを走っていた。これも天候が悪いとしょっちゅう運休になり、昭和三十八年に廃線となった。

青島に行く道路もまだ今みたいに舗装されてなくて砂利道だった。だから前を車が走っていると、物凄い砂ぼこりが起こり、窓を開けていると中に入って来る。だからその時は夏でも窓を閉めて走るか、あるいは猛スピードを出して前の車を追い抜くかだった。

列車もすべて蒸気機関車であった。東京へは「高千穂」という急行があった。朝十時に宮崎を出ると、次の日の午後二時に東京に着く。実に二十八時間も列車に乗りっぱなしである。

トンネルに入ると煙突から出る煙が中に入ってくるので、すぐ窓を閉めなくてはならない。東京に着く頃には、鼻の穴はススだらけで、ちり紙で鼻の中を拭くとたくさんのススが出てきていた。ちなみに高校、大学時代、私はいつもこの列車を利用していた。

近くの川まで釣りに行くと、船は全部櫓を漕ぐようになっていた。船尾に櫓の球形になった場所を置く所があり、櫓を左右に漕ぎながら舟を進める。要領を覚えるまでが大変だが、慣れるとスイスイと川面を進んで行く。

テレビが初めて宮崎で見られるようになったのは昭和三十五年。七月にＮＨＫ、十月にＭＲＴが開局。屋根の上にアンテナを立てていても、風などが吹くと画面が砂嵐みたいになっていた。それでも「ルーシーショウ」や「ルート66」、「サーフサイド６」など家に居ながらにして見られるというのは、当時凄いカルチャーショックを受けたものだ。台風などが来るとアンテナが倒れ、その度に父が屋根に上り向きを調節する。テレビの前では家族が「その向き、その向き」と言いながら微調整をしていた。

今の上野町の病院の横には、大成座と帝国館という大きな映画館があり、宮崎一の繁華街だった。県内いたる所から人々は汽車やバスを乗り継ぎ、そこまで遊びに来ていた。今の中央通りはその当時はずっと民家が軒を並べ、道は砂利道で雨が降る度にぬかるみ、通学も大変だった。

あれこれ思い出すと、実に懐かしい。記憶の隅にしまわれていた思い出達が次々に浮かんで来る。

たった五十年（半世紀）前のことなのに、物凄い昔のような気がする。それほど自分はあっという間に年老いてしまったのだろうか。時の流れは実に早い、それは六十歳を過ぎてつくづく思う。「還暦、還暦」と騒いでいたのが、あっと言う間に古稀になろうとしているのだ。まさに「光陰矢の如し」。

主夫の御仕事

家内が法事で実家に四、五日帰ることになった。実家は秋田。昔は帰るのに一日がかりだったのだが、秋田新幹線が出来、それよりずいぶん短い時間で到着する。それでもやはり一日がかりに近い。

さて問題は私のこと。自慢ではないが一人暮らしをしたことがない。炊事、洗濯、掃除、全て母や家内に任せきりで、今でいうイクメンではないのである。炊事に関しては毎日病院の給食を検食として食べているので問題はない。掃除も自分の部屋くらいは出来る。

しかし問題は洗濯だ。汗かきの私は今の時期、アンダーシャツ、Tシャツを一日五回くらいは着替える。汗をかいたら洗濯カゴにポンと入れておけば、綺麗好きな家内がすぐ洗濯機に放り込み、ベランダに干してくれ、その日のうちにそれを畳み、タンスに入れてくれる。いつもは何とも思わない一日の出来事なのであるが、それをしてくれないということになると、どうしたらいいのだろう。

何年か前、やはり家内が留守をした時は同居している娘が全てやってくれた。その時も万が一の為に、洗濯機の使い方を紙に書いてもらい洗濯機の前に貼ってあった。しかし幸いに娘が全部してくれたので、結局自分では何もしなくて済んだ。しかし今回は娘も一人暮らしを始め一緒にいないので自分だけが頼りだ。

とりあえずまず洗濯物を洗濯機の中に入れた。その後洗剤をカップの半分くらい入れ「洗い」のボタンを押した。すると水がチョロチョロと洗濯機の中に流れ始めた。何とか上手くいきそうだとほくそ笑んでいると、水がなかなか溜まってこない。もしかして排水溝から水が漏れているのかもしれないと思い、とりあえず「切」のボタンを押し、ひとまず後でしようと思った。

しばらくして同じように「洗い」のボタンを押すと、水がチョロチョロと出始めた。じっと見ているとと少しずつではあるが溜まり始めた。これでＯＫだ。次に「すすぎ」のボタンを押した。当然グルグルと回り始めると思った。ところがウンともスンとも言わない。もしかしたらヒューズが飛んでいて動かないのか……と思って周りを見回すが特に何もなさそうだ。そこで諦めた。

数日後、家内が帰ってきた。洗濯機を覗くと「あら～、洗濯物が入ったままになっているわよ。どうして洗わなかったの」と尋ねる。そこでそれまでの経過を話した。すると「あなた蓋をしてボタンを押したの?」と不思議そうな顔をしながら言う。

「イヤ、蓋は開けたままだったんだけど……」

「も～、あなたっていう人は何も知らないのね。中に入れたら蓋を閉めてボタンを押すのよ！　考えたら分かるでしょ。本当にあなたって常識がないわね。子どもだってそれくらい気付くでしょう。蓋を閉めなくては回らないくらいは……。もう本当にボンボンなのだからあなたは……」

家内が蓋を閉めボタンを押すと、三日も動かなかった洗濯機がいつものように回り始めた。洗濯機の中に入っていた洗濯物もほっとしたことだろう。何せ三日も入りっぱなしになっていたのだから……。

次の日洗ったシャツはきちんと折り畳まれ、タンスの中に入っていた。改めて家内の凄さをまざまざと知らされた。元巨人の中畑選手が言っていたがやはり「男は女より長生きしてはいけない」。まさにその通り!!

イライライライラ

スーパーなどで買った魚の刺身のパックに、小さなビニール袋に入った醤油が入っていますよね。それを使う際、袋を裂いて中身を出す訳ですが、これがなかなか私には難しい作業です。何せ袋が小さい。特に手の大きな私には特にそう感じるのでしょうか。とりあえず袋の一部を手で裂いてみます。ところが一回では上手くいかない。何回かトライしてようやく裂け目が出来、刺身が食べられるという安堵感。

しかし時には勢い余って醤油が周りに散らばってしまったり、洋服にかかったり、運が悪いと目に入って大慌てしてしまいます。せっかく美味しい刺身なのに、腹わたが煮えくりかえるような思いで食べたことありませんか?

さて、私の楽しみは寝る前の風呂。一日の疲れを癒し、極楽極楽と言いながら入ります。

その際、欠かせないのが入浴剤。何種類も買い求め、今日はどれにしようかと考える。私の至福のひとときなのです。浴槽の中に入り袋を開ける。ところがこれがまた難しい。

手が濡れているので、開けようとすると手が滑る。なかなか開かないのです。しかも切れ目がどこにあるのか分からない。何度やってもダメな時は一旦湯船から上がりわざわざハサミで切って使うこともあります。せっかくザブンと入り、今から極楽タイムだというのに水を差されてしまうのです。一日の最後くらいはスムーズに終わりたいと思っているのにイライラで一日が終わってしまうのです。

私の愛用の太田胃散もそうです。食べるのが好きな私は、いつも財布の中にこれを忍ばせています。つい美味し過ぎて食べ過ぎ、胃もたれを起こしてしまうのです。そこでこそっと封を切り服用します。すると二、三分もするとゲップが出て胃がすっきりし、また食べられる。私にとっては必需品なのです。勿論ギャル曽根みたいに大食いではないのですが、それでも可能な限りいろいろ食べてみたい。特にバイキングなどの時は、とにかく腹一杯食べたいという食いしん坊なのです。

ところがちょっと灯りが暗い雰囲気のあるお店では薬の開け口が分かりません。というのも、どこからでも封が切れそうなのですが、一箇所しかないのです。反対側はどんなに力を入れても絶対開きません。早くもっと食べたい。私は焦ってしまいます。何せ目の前にまだ食べたい料理が並んでいるのですから……。

いろいろデザイン上の問題はあると思いますが、開ける場所を分かりやすく表示することは大切なことです。特に高齢化社会になったら、お年寄りでもすぐに分かるようにして欲しいものです。昨年高齢者になったばかりの私は毎日そう思いながら過ごしています。

因みにギザギザ模様になっていて、どこからでも開けられるようになったモノもあります。そういうモノを見つけると、それを製作した人に拍手を送りたくなります。今からは、子どもからお年寄りまで気軽に使えるユニバーサルデザインの時代です。そういうモノ作りのモノへの気遣いが売り上げを左右するのです。

戸田淳子

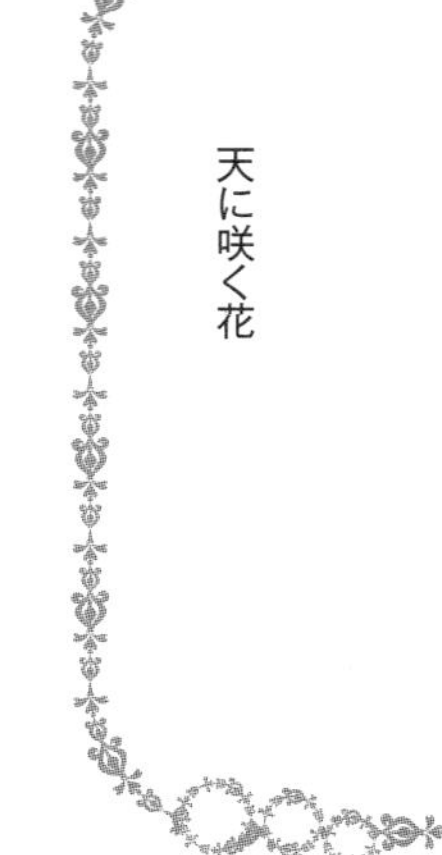

天に咲く花

天に咲く花

「先生、またよろしくお願いします」
私はつぶやきながら、タンスの引き出しを開けて一枚の着物を取り出した。
お茶のお稽古に通っている先生宅で今週末に朝茶事が開かれる。
その茶事でお手前をすることになり、その日の着物を選んでいるところである。
取り出した着物は美しいみずいろ。
この着物を羽織ると自分に静かな自信が持てるのである。

いわば、私の勝負服と言えようか。

ずっと以前に、この着物の持ち主から形見の品として帯〆と共にいただいた。

この着物の持ち主とは、私が三十代で出会い、長い間に亘って俳句の手ほどきを受けた女流俳人の植村通草（あけび）先生である。

その通草先生との出会いは三十数年前に遡る。多分、菖蒲の季節だったと思うが、横浜住まいのK夫人から電話があった。久しぶりの電話だったせいか、あれこれ雑談した後に、「クカイに来ませんか？」と言われた。「クカイ……？　何か区議会の傍聴でもするのですか」と私。

「区議会じゃなくて、俳句を作って楽しむ会なのよ」とK夫人。

俳句の作法は皆目知らないし、知っているのは、芭蕉と蕪村と一茶の句を幾つか。それに時折目にする芭蕉の肖像画は随分老人ぽく見える。仮に俳句を学ぶにしても「もっと先でいいワ」との思いが、当時三十代の私の胸を駆け巡った。

あれこれ理由をつけて返答を渋っていると、電話の主は「ぐずぐず言わずに、とにかくいらっしゃい！　先生に会ってほしいのよ」と言う。何かよく解らないけれど、電話の主がモダンで素適な方だし「ハイク」という言葉の響きの良さ、そして会って欲しいといわれた先生という人への好奇心もあり、取りあえず「見学だけでも」と返事した。

句会の場所は川崎市婦人会館と告げられ、電話の日から数日後に、楽しみと不安半々で出かけたのを覚えている。

婦人会館の句会の部屋には三、四十代の女性ばかり二十人ほど、既に席につき、その中央に先生とおぼしき和服姿の年配の人が見えた。

入口に立っていたら、K夫人の声で「新しく入られた方です」と紹介された。

ペコりとお辞儀をして顔を上げたら、和服の人が縁なし眼鏡の奥からこちらをじっと見ている。にこりともしないその目元は何もかも見透かすように鋭く、思わず足がすくんだ。

先日の電話で「先生に会って欲しいのよ」と言われたのはこの人のことだったのか。

想像していた人とは余りにも違う印象に、この会場に着くまで少しばかり脹らんでいたわくわく感は一瞬で萎んでしまった。

今回のお誘いは、電話の時点できっぱりとお断りすればよかった……と入口に立ったままひどく後悔した。

しかし、このまま帰る訳にもゆかず、重い足を引き摺るようにして席についた。

句会は何が何やら解らぬままに三時間ほどで終った。

出席の全ての方が自作の句を読み上げられたが、言葉も内容も難しくてほとんど理解できなかった。私がその日にできたことは、次々と机上を回ってくる句稿を必死で読み、隣りの人に回す、それだけであった。

句会が終る頃にはすっかり疲れて、帰りの電車では背もたれにぐったりと身を沈めた。

「疲れたでしょう、ぼちぼちやっていればその内に解ってくるわよ」とＫ夫人。

電車の振動に体を預けながら、今日一日のことを思い返す。

初対面では先生の厳しい顔に震え上がった。

ところが句会の帰り際には、先生が歩み寄って来られ、私に人懐っこい笑顔を向けて「しっかりお気張んなさい」と言われた。

もしかすると恐ろしいだけの人ではないのかも知れないと少し思い直した。

でも、まだその時には、やがて「俳句と通草先生」にすっかり魅了される日が来ることなど想像もしていなかった。

初日の句会では緊張と先生の恐ろしさで少しも楽しくなかったのに、どういう訳かその後は一度も句会を休まずに通い続けて、またたく間に数か月が過ぎた。

その頃には他の人の句を楽しめるようになり、毎回出される通草先生の俳句は群を抜いて素晴しいということも理解できるようになった。そして、通草先生が同人として活躍しておられる、飯田龍太主宰の俳句結社「雲母」に入れていただいた。

この頃から、この五七五の世界に夢中になり、まさに「寝ても覚めても俳句」の日々になってしまったのである。
折々に聞く句友の話によると通草先生は飯田蛇笏・飯田龍太二代に亘る「雲母」の同人で華麗な句風が持ち味であり、戦前から有名な女流俳人であるらしい。毎週出される俳句からして、この話には当時の私でさえ大いに納得した。

かやぞこに抱く死火山の乳ふたつ　通草
うつり気のなかのしんじつ濃紫陽花
雪解みち夫にしたがふよそごころ
春の風わが悪名に追ひつかず
玻璃うちは妻のしあはせ霜日和

これらの句が毎週の句会で読み上げられるたびに部屋じゅうがどよめいた。

三好達治の文章教室で磨かれた才能が俳句の中に存分に発揮され、どの句も屹立していて一句一句が短編小説を思わせるようだった。
飯田龍太主宰が通草先生の第一句集『わすれ雪』の序文に見事な文章を寄せておられる。

多情仏心　　飯田龍太

植村通草さんに会うと私は冗談ばかり言う。きまって愚にもつかない冗談ばかりだが、いつも通草さんの応待が鮮やかであるから一度として後味の悪いおもいをしたことがない。——この「わすれ雪」を読むと最後の章に、夫・一月十一日わが一泊旅行中に急逝す、と前書きがあり

閉めのこす襖仏のみゆるほど　　通草

迎火と送火の間夫婦たり

この二句には恋慕の悲愁がひしひしと迫って、私には一語をさし挟む余地もない。閉めのこされた冬夜の襖の、わずかな隙間は余人の窺い得ない夫と妻だけの心の通い路。また盆の迎火が燃え、送火が消えるまでの短い日数だけ、うつつの夫を身近に想うという激しい断定には、夫婦のかくれた日常のおもいが深い余韻を曳く。

この両句には戦前すでに多くの秀作をなした人の俳句に刻みこんだ確かな技量の年輪まで克明に見える。

おそらく温和なご主人であり、一家は常に平穏な日常であろうと勝手に決めていた。この推測に、たぶん間違いはなかったろうと思うが、通草さんのあり余る才智と豊饒な餅肌の詩心は、時に危いこころの琴線をたぐり、或いは冒険を夢みることもしばしばではなかったかと思われる。句集にはそうした心理の綾と贅沢な憂悶が大胆に散見する。

ご主人は良妻を信じ、子息は賢母として親しみながら句の真偽はともかく俳人としての通草さん自身は、女体女心の業の深さをかえりみて、ひそかに偽悪の愛憎を重ねていたのではなかろうか――。

『わすれ雪』は謐かに激しい句集である。

通草さんはこれから、その激しさに一段とふくよかさを加えていく人であると、私は思っている。（昭和四十六年出版の植村通草第一句集序文より）

私が通草先生に初めて会ったのは、先生七十七歳の頃であるから、龍太先生の序文にあるように、激しさを上回るふくよかさと優しさが加わった年齢だったのではないだろうか。

私は通草先生の身の内に潜む鋭い刃物に恐れつつも、時折こぼれ落ちる母のような温かさが嬉しくて、旅行や吟行にはいつもついて回った。「俳句は感じて作るもの」がモットーの先生との旅は楽しかった。

先生としては晩年に出会った浅学の弟子を放っておけなかったのかも知れない。

それだけに普段の句会での指導は厳しく、詰めの甘い句を作ったり作者に妥協した選句をしようものなら容赦のない言葉が誰にでも飛んできた。

御自身の内にやけどしそうな熱を抱えながら、身をもって、言葉によって、俳句によって人としての生き方を弟子達に示されたように思う。

今、これを書いている八月、ＮＨＫの朝の連続テレビ小説「とと姉ちゃん」に平塚らいてう（明治時代に雑誌「青鞜」を創刊）が登場しておられる。何ものにも縛られない自由な考え方やさっぱりした気性など、ドラマのらいてうさんを見ていながら通草先生の人柄が重なる。

もがり笛明日覚めざれば寂光土　通草

最晩年に『雲母』の巻頭を飾った句である。

最後までみずみずしい句を作られていたが、このもがり笛の句からしばらく経った梅の季節、平成十六年二月九日、この世に多くの秀句を残して華やかな人生を閉じられた。九十六歳であった。

さて今週の茶事ではこの形見の着物を着てお手前をする。通草先生の魂がこもっている着物だからきっとうまくいくだろう。

中村　浩

仔猫物語
――ワタシの名は　小夏――

仔猫物語――ワタシの名は　小夏（こなつ）――

ワタシは昨年（二〇一五年）十月二日の夜十一時頃、下北保育園の駐車場で、空腹のうえ夜の寒さのなかで、か細く哭（な）いていた。

親兄弟と逸（はぐ）れたのか、どこかの人が駐車場においていったのか、ワタシには何もわからない。ただ寒くてひもじくて、あたたかいぬくもりと食べものが欲しかったのだ。

その時、足音がした。ワタシは哭（な）き声をだして、その人影の方に寄っていった。

手袋をしていたその人の手がワタシを拾いあげ、しばらく駐車場の外灯のなかでワタシを見つめていたが、提げていたバッグのなかにワタシを入れた。バッグのなかには汗くさいタオルと本が入っていた。

その人は、塾帰りの男の高校生だった。

帰宅した彼は、

「祖父ちゃん、猫ん子　拾うてきたっちゃが……、オレに哭きながらついてきたっよ」

「どこで……」

「そこの保育園のそばでよ……」

深夜テレビをみていたその白髪の人は、

「そこらの家から迷い出たんだろ、近くの庭に入れておけ！　親猫が出てくるかも……」

そんな会話があったあと、男の子はその祖父ちゃんには黙って、ワタシを自分の部屋に連れてあがり、牛乳を皿に入れてくれた。

ワタシはピチャピチャと小さな音をならして皿を舐めた。そして小さな声で「ニャー」とか細く哭いたつもりだ。

その夜、ワタシは彼のバッグのなかのタオルにくるまれて眠り、そしてその中にオシッコももらした。

その翌朝、男の子のパパは土曜日で休みだった。昨夜の祖父ちゃんの〝捨ててこい〟とも聞こえる、近くの庭に入れておけというのとはちがって、男の子が登校前に頼んでおいてくれたのか、ワタシを動物病院に連れていった。

その朝、目脂で目はふさがり、細く痩せて片手に乗るぐらいのワタシをみて、パパは育つかどうかを確認したかったのかもしれない。昨夜ワタシを駐車場から連れて帰り、部屋に入れて牛乳をくれた男の子は、登校したのか早朝から居なかった。

動物病院の先生は、

「育つかな?……、八月の下旬ぐらいに生まれたのでしょう。

でもこの仔は仲々の別嬪さんになりますよ！　体重四五〇グラムで雌ネコ！」

〝育ててみる〟と言ったパパに、先生は病院代を千円引いてくれた。

その先生の〝別嬪〟さんという一言で、パパはワタシを飼い猫として育てることを決めたようだ。

予防注射をされ、目薬をもらい、その帰途ペットセンターでワタシの食料、ベッド、トイレなど店員さんの指導をうけ購入した。

「案外、金がかかるな……」と言いながら、パパは気前よく病院代のほかペットセンターで、ワタシのためかなりの散財をしてくれた。

その日から二週間後、パパはまたワタシを病院に連れていった。

「体重七八〇グラム！　順調ですネ、エサを食べればもう大丈夫ですよ……」

先生はニコニコしながら、パパを褒めあげるように煽てあげた。

パパは外出する時、ワタシを自分の肩にのせて車に乗る。ワタシはパパの首ねっこにしがみついて肩車されている。

初詣にも肩車されていった。よその子がその姿を珍しそうに指をさしてワタシをみた。

そんなパパに、先生は外出する時には移動ケースに入れることと忠告した。それからワタシは外の世界がみられなくなった。パパは忠実に先生の助言を守っている。

まだワタシの姿・貌、いわゆる容貌を紹介していない。

顔は小さめで、黄色めの体毛のなかで少し濃いめの茶色のキジ模様が入っている。いわゆるキジトラとか言われる姿である。当然だが目は金色である。

正面からみると顔には茶のタテ縞が入り、首から下の胴体や足にはヨコ縞が入っている。

何より一番の特徴は、尻尾の先端が右にほとんど直角に折れ、そして最先端がまた少しだけ折れ曲ってカギ形になっている。

男の子の姉ちゃんは、ワタシをスマホで写真におさめ、職場仲間に自慢したらしく、

「……、西洋では尻尾が折れ曲ったネコは幸運をもってくると言われているらしいよ……」

と言ってくれた。

この一言が、ワタシを家猫にすることにあまり乗気でなかった祖父ちゃんの気持を和ませたのか、以来ワタシへの態度、扱いがやさしくなったような気がする。

ただワタシが嫌なのは、この人は自分の脱いだ靴下を、ワタシの顔に被せたりして、ワタシにネコ踊りをさせることだ。

そしてワタシの呼び名が、この家にきて十日目に決った。

「こなつ、小夏にきめた！」

パパは少し遠慮気味にみんなに伝えた。

祖父ちゃんは、

「コナツ？……」と問い返した。

「漢字では小さな夏、小夏だよ！」

「変な名だな、ネコらしくないな……」

祖父ちゃんは、猫らしい名をと言ったが、若いパパや姉ちゃんたちとは、感覚が相当に異っているようだ。

でも祖母(ばあ)ちゃんは、

「小夏！　コナツ！　いい名よ。コナツ、コナツ……」

と呼んでワタシを抱きあげ頰ずりをしてくれたうえに、唇(くち)にもかるくふれてくれた。


この家には姉ちゃんが高校生の頃まで、二代目になる柴犬がいたとのこと。

初代はもう五十年前、パパたち兄弟が幼稚園生の頃、花火大会の帰りに店の前で坐りこんでせがみ、小犬を買ってもらった。

その初代のペットは、子供たちが「ベル」と名づけ、二度の出産をして十年後、フィラリアに罹(かか)り、パパたちが高校生の頃、二人の兄弟に見守られて死んで、この家の西側にある橙(だいだい)の樹の下に眠っている。

そして二代目は三十年後、「もう別れがつらいから……」と飼うことに反対する祖父(じい)ちゃんを、当時小学生だった姉ちゃんが、連日連夜の口説きで初代と同種の柴犬を貰いうけ、姉ちゃんがひとり勝手に「モモ」と名づけた。そして十年後に初代と同じく病んで死んだ。高校生になっていた姉ちゃんは、自分の愛犬モモが死んで病院から帰ってきたとき、病院の奥様がえらんでくれた箱のなかに、白タオルと花々につつまれた愛犬モモの軀(むくろ)をみて、ボロボロと大粒の涙をながした。そのモモも初代のベルとならんで橙の樹の下に眠っている。

そのとき、一家の主人であった祖父ちゃんは、

「もうペットはやめだ！　別れがつらいからな……」

と祖母ちゃんと話していた。

そんなこの一家の生活のなかで、初代のベルのとき、祖父ちゃんはまだ三十代から四十代、二代目のモモのときでもまだ六十代になったばかり、今のこの一家には息子だったパパにはママが居て、姉ちゃんと弟の男の子がいる。

祖父ちゃんは仕事からも引退し、いつしか八十代となりほんとの爺ちゃんになっている。

そこに、進学準備の塾帰りの男の子との縁で、ワタシはこの家のペットになった。

「犬と猫ではずいぶん違うな……。犬はしつけると言うことをきいたが、ネコには躾は無理だなあ……」

「甘えて、甘えて徹底的に甘えてエサをもらう。そして寝る。怠けものだ。でもジャレてくるところなど可愛いもんだ……」

祖父ちゃんはワタシを抱きながら祖母ちゃんと話している。

ワタシはこの祖母ちゃんが一番好きだ。「ニャー」哭いて餌をねだると、

「もう少し待ってネ、六時になってから」

と祖母ちゃんはやさしい。声も優しいし、台所の流し場の下で足元にすり寄るとすぐに抱

いてくれる。

そんなとき、祖父ちゃんは徹底的に無視してくる。食卓で新聞をみている時など、上っていくと頭を叩かれる。身を伏せるワタシに、

「テーブルにのぼったらダメ！」

と躾をするように頭を叩いてくる。でもワタシは高いところが好きなのだ。床より卓の上、茶ダンスの上などにのぼると祖父ちゃんは手をあげてはげしく怒（おこ）る。

三月の下旬、男の子は高校を卒業して大学入学のため上京した。担任の先生の指導もあり、祖父ちゃんが現役時代、会社のことで苦労したことからか、経営学部を志望し無事入学できたようだ。

（コナツが幸運をもってきた……）

と姉ちゃんが喜んでくれた。姉ちゃんはこの五月の連休、ワタシの姿をスマホで東京の弟に送信した。

「肥（ふと）り過ぎ……デブ小夏！」と返信があったとのこと。

この五月で、この家のペットになって八か月、多分生れて十か月になるワタシは、体重も四キロを超えた猫になった。

この家の庭は広い。芝生は祖父ちゃんの丹精で短く刈られ、小鳥もよく飛んでくる。ワタシは広いガラス戸越しに、この庭を眺めるのが好きだ。小鳥のほか蝶や虫、それに庭木のそよぐ様を眺めるのが好きだ。家の中には動くものが少い。時々蝿（はえ）がとび、蜘蛛（くも）が出てワタシは跳（と）ぶように走って捉えるが、祖母ちゃんは食べないようにと、ティッシュでつまんで片づける。

どうもこの家の人たちは、ワタシを家の中だけで暮らさせる気でいるらしい。だから外を眺めて、いつかとび出す日を思いうかべながら庭を眺めている。

野田一穂

呼ぶ声ありて

呼ぶ声ありて

「なんてやるせない話だろう」

しんと静まりかえった会場で、私は語り手の柔らかな声の余韻に浸りながらも胸が波立つような思いでいた。

二〇一二年秋田県仙北市で、世界的に著名な昔話研究者小澤俊夫氏が全国で開催している「昔話大学」の二十周年記念大会があった。全国から数百名の語り手が集い、記念行事として六十名がそれぞれの土地言葉で語った。私もその一人として語らせてもらったが、聞き手がすべて語り手であるということにいつもとは格段に緊張したことを覚えている。語り手の順番は北から南へと配置され、徐々に変わっていく土地言葉の響きの美しさ、決して変わらない昔話という伝承文学の神髄を味わうことができた。その中で岩手の語り手大平悦子さんが語ったのが『遠野物語』の九十九番だった。

『遠野物語』は民俗学者柳田國男が遠野で語り伝えられた話を編んだもので、『遠野物語拾遺』とあわせて四百を超える話がある。九十九番はその中で唯一、「津波」(明治三陸地震)にまつわる話である。

――津波に妻を取られた男福二が海辺の小屋で残された子ども達と暮らしている。そこへある夜妻が男と現れ、あの世で連れ添っていると言う。その男は妻が嫁いで来る前に思いあっていた男で、やはり津波で亡くなっていた。福二が子どものことを持ちだして責めると妻は悲しそうな顔をして去って行く。福二は後を追いかけるが追いつけない。そして二人はもうあの世のものだと気づき、その後長く寝ついてしまう――

愉快で楽しい昔話が多く語られた中でこの話は際立っていて、なぜ妻は取り残された夫の前に現れてそんなことを言ったのか釈然としないまま、やるせなさだけが残った。また語り始める前に大平さんが大震災でお知り合いを何人かなくされたことを話され、「私達は伝承の途中にいる」と題されたこの記念行事の趣旨に鑑みて、このおはなしをどうしても語らなくてはと思われたのだろうと思うと、胸がつまった。

翌二〇一三年NHKの「日本人は何を考えて来たか」という番組で、福二の玄孫に当たる人が東日本大震災で被災され仮設住宅に暮らしているということを知った。その方は、祖母から自分が福二の末裔であることをずっと後になって聞いたのだという。遠野物語の昔話は今の現実と地続きになっていたのだ。

私は、絵本や本について勉強したり情報交換したりする会を二十年ほど隔月で開いている。二〇〇一年に「子どもの読書活動の推進に関する法律」が制定され、それに伴い一気に読み聞かせボランティアのグループが増えたのだが、読み聞かせの実演についても選書についてもまだまだ手探りの状態だった。そんな中で市内で活動するグループ同士、お互いの顔が見え、ともに情報交換や研鑽して行けるようにと立ち上げたものだ。

読み聞かせのブームとも言える盛況が落ち着き、当時中心的だった方々も子ども達が育ちあがり、活動自体が衰退する中、子どもの本が好きな人、本について語り合うことが好きな人のサロン的側面も持つようになって今もまったりと続いている。

会の名前は「まほうのつえ」。「子ども達に絵本や本を手渡していくための会、だったら杖を握る手はたくさんの方がいいね」。そんな言葉をくれた人がいた。その言葉通り、本やおはなしを媒介として、さまざまな人とつながりながら続いている。

「まほうのつえ」では「語り」もしている。語りというのは、昔話や創作読み物をそらで覚えて語ることである。アメリカの図書館で行われてきたストーリーテリングが日本に持ち込まれて根付いた。「素話」「語り」などとも呼ばれ、なじみのない人には何のことだかよくわからない。特に「語り」は「騙り」を想起させ、何か不審なもののように思われることもある。けれどもそうしたこととは関係なく子ども達はおはなしを聞くのが好きだ。時に語っているこちらが気押されそうなほどに真剣に聞き入ってその世界に遊んでいる。

「語りって聞いたことがないんですよ」という声があった。そう言われたら聞いてもらいたくなる。その楽しさを味わってほしくなる。それが「まほうのつえ」でも始めるきっかけになった。語りを初めて聞いた人達からお話を聞くことがこんなに楽しいとは思わなかったとよく言われる。もっと聞いてみたい、自分も語ってみたい、という人も出てきて、それではと、「まほうのつえ」とは別に語りを楽しむ集い「語りんぼ」ができた。

おはなしを聞くのが好きな人なら誰でも大歓迎。

自分のことを語るのだって大丈夫（アメリカでは自分のことを語る「パーソナルストーリーテリング」という分野も確立されている）。

覚えている途中でもいいから語ってみて。

気がつけば、「語りんぼ」も十五年ほどになる。

たくさんの講座に参加し、その中でたくさんの人とのご縁ができた。そんな中で宮崎市立図書館の図書館員さんとボランティアさん達が一緒に年二回開催していた「怖い朗読会とブックトーク」ではとても印象を受けた。友人に話すとまたそこで声が上がった。「私達にもそんな機会があるといいのにね」。

その言葉を聞くとまたうずうずしてくる。もっと大人にも聞く楽しみを届けよう。

そうして数年前から不定期に「大人のためのおはなし会」や、二〇一二年から夏に「怖い朗読会」をするようになった。二〇一三年の朗読会では、お楽しみの会ではあるが、忘れてはいけないこととして「遠野物語」の九十九番をプログラムに入れていた。すると来場した友人がプログラムを見るなり「背筋がぞっとした」と言う。その日の朝刊に「東北に新しい怪談が生まれている」という記事が載り、そこで九十九番のことが触れられていたのだ。亡くなった、もういないはずの人の姿や声、思い出の品がモチーフとなった「新しい怪談」は、ただ怖いだけの話ではなく、喪失を癒し立ち直るためのメッセージだったのだ。

その年の秋、東京で小澤俊夫氏の講演があり、そこで遠野からいらしていた大平さんに会った。九十九番の結末がやるせなく思えて頭を離れなかった私は、この話をどう感じながら大平さんが語っているのかどうしても知りたくて問いかけた。

「やるせない話ですよねえ。でも何度も何度も語るうちに、あの話にあるメッセージを感じるようになったのですよ」という優しい声が返ってきた。あれは「もう私を忘れて強く生きて欲しい」という妻からの——亡くなった者から生き残った者への希望の声なのだと思う、と。大平さんは大震災後も東北のさまざまな場所へおもむいて語りをしている。

「こんな時におはなしなんか語っていていいのかしら？　お呼びがかかってもいつも葛藤していました」

けれどもこんな時こそなのだという。実際に子どもも大人も喜んで聞いてくれるのだという。そうして語りの場で被災された方々からたくさんの生の物語を受け取ってきた。

「新聞やテレビが伝えない今の生の東北があるのです。そのことを語りとともに伝えたいと願って活動しています」

また私の中で何かが呼ぶ。

九十九番と彼岸からのメッセージを、早くも風化して行くあの未曾有の災害の記憶と人々の思いを、遠野で生まれ育った大平さんの声と言葉で聞きたい。自分一人ではなく、自分の仲間やたくさんの人達とともに聞いて分かち合いたい。

これに先立つ二年間、「まほうのつえ」は市から三年間限定の助成金をいただいている。最初の年は昔話研究第一人者の小澤俊夫先生、二年目は半世紀にわたって語り続けてきて日本の「おはなし会」の草分けである「くにたちおはなしの会」の平塚ミヨさん。しめくくりの三年目に大平さんの昔話と東日本大震災のおはなしほどふさわしいものはないではないか。語りを愛する私達らしく、語りという方法で少しでも何かできればと思った。仲間に伝えるとすぐに話がまとまって、「遠野プロジェクト」が始動した。

大平さんにお手紙を書くとすぐに丁寧なお返事が返って来た。遠い九州で東北のことを考えてくれる人達がいる、ととても感激してくださって、たくさんの資料やお書きになった本を送ってくださった。メールで何度もやりとりするうちに、まるで旧来の友人のように気持ちが通い合っていく。

思いを伝えることのできるチラシを作りたいと考えていた時、友人Yさんの経営するバッグ屋さんに展示してある海の写真に引きつけられた。Yさんは個人で東北を支援するイベントを不定期に開いている。写真は被災して宮崎に移住してきた東北のカメラマンが、東北を離れる朝に撮った海の写真だった。今は静けさと穏やかさを取り戻した美しい海。

これしかないと思いお願いしてYさんと一緒に会いに出かけた。気骨のある女性だった。写真の使用を快諾してくれて、東北支援の窓口になっている非営利団体にチケット代の一部を寄付する段取りもつけてくれた。

そうして実現した「震災と遠野の昔話」には多くの人が足を運んでくれた。被災地の写真を見ながら大平さんが聞き取った話とその遠野の昔話は、悲しいものばかりではなく、楽しく愉快なものまでバリエーションに富み、底を流れる東北の人々の健気で暖かい心ばえが聞き手に深く届いた。時に涙し、時に笑いながら、遠いその地に心が寄り添うように思えた。

一人でも多くの人に、特に若い人達に聞いてほしいということで二日間同じ内容の講演をしていただいたが、二日とも足を運んで寄付をしてくださった方もいた。アンケート用紙には「忘れないよ」「応援しているよ」という言葉が並び、心をこめて書かれた字には温度が宿るのだと感じさせた。私は何度も集計の手を止めて涙をぬぐった。寄せられた言葉は残らずファイルを作ってまとめ、後日大平さんに送った。今でも大平さんとはお友達としてお付き合いが続いている。

秋田で聞いた九十九番は、不思議とも思える偶然でいくつかの出会いを呼び寄せ人の縁を結んだ。聞いてくれた人々の心に落ちたおはなしが新たな何かに繋がっていくといい。おはなしの力、言葉の力、それを信じて私もまた語り続けようと思う。

福田　稔

フロリダ珍道中

私は三千二百キロの長い道程を運転したことがある。ただ、それは友人と運転を交替しながらの旅だった。

平成元（一九八九）年三月、アメリカのイリノイ大学に留学していた時のことである。言語学部の友人三人とフロリダ大学で開催される学会に行くことになった。ところが、出発の数日前になって二人から不参加の連絡を受けた。残ったのは、私とスティーブというアメリカ人だった。

スティーブは背が高い、髭面の学生だった。日本の大学に五年間留学して卒業した経験を持つ。流暢な日本語を話し、私との会話は全て日本語だった。彼は博士課程の大学院生であると同時に、日本語の授業も教えていた。もちろん彼以外の日本語教師は全て日本人だった。そんなスティーブが航空券と宿の手配をしてくれるという。私は彼に任せて、のんびり旅支度をしていた。

出発前日の夕方に航空券を受け取るために、私はスティーブのオフィスを訪れた。そこで彼は、「クレージーかもしれないけれど」と前置きして、私が予想もしてなかったことを口にした。旅費を節約するために車で行こうというのだ。

イリノイ大学は、アーバナとシャンペインの二市にまたがるイリノイ州立の総合大学だ。そこからフロリダ大学があるフロリダ州ゲインズビルまでは高速道路で最短千五百二十キロ。実際には千六百キロ以上を走ることになる。例えると、宮崎市から宮城県仙台市までのドライブという感じだ。

飛行機で行くものとばかり思っていた私は冗談だと思い、最初は笑いながら彼の話を聞いていた。でも、彼は真剣に、費用がいかに安くて済むか説明してくれた。一ガロン（約三・八リットル）のガソリンが約百八十円の頃だった。しかも、アメリカは高速代金が要らない。航空運賃の約三割の費用で済むというのは私にとっても魅力的だった。結局私は承諾して、自分の部屋に戻り、車の旅用の準備をしたのだった。

ただ一つ私が頼りにしたのはスティーブの車である。以前、彼は黄色か赤色のスポーツカーに乗っているという噂を聞いたことがあった。それで高速をぶっ飛ばす旅だ。そんなふうに私は呑気に考えていた。

三月一日、水曜日。午前十時過ぎにスティーブが迎えに来てくれた。部屋を出て、階段を降りて玄関を出た。そして、家の前に停まっていた車を見た時、私は愕然とした。そこにあったのは、黄色のスポーツカーでも赤色のスポーツカーでもなく、灰色の艶を失った、古い小さな車だった。

「スポーツカー……じゃないの?」

「ああ、あれはカナダで事故に遭ってしまって、今はこれさ」

と、平気な顔で答えるスティーブ。私は助手席に座り、登録証を見てみた。十二年ほど前の型で、走行距離八十万キロのマニュアル車だ。彼によると、この日まで三十分以上走ったことも、時速八十キロ以上で走ったこともないという。

「でも、一応日本車だし、クラッチを上手く使えば大丈夫だよ」

……このポンコツでフロリダまで行けるわけがない。途中からは飛行機だ……。

私は絶望的な気持ちでイリノイ州シャンペインを発ったのだった。

数時間後、高速を降りてランチをとることにした。そこで、スティーブが学会のパンフレットを家に置き忘れていたことがわかった。これで学会の正確なスケジュールが分からなくなってしまった。ただ、予想外のことが前日から立て続けに起きたので、その程度のことでは私は動じなくなっていた。

とは言え、スティーブには良いところもあった。アメリカ自動車協会の事務所へ行って、フロリダ大学までの経路や宿を入念に調べてくれていた。彼としては忙しい中で最善を尽くしてくれていたのだ。

「ミノル、君の家族はどんな人たちなの？」

食事の後のコーヒーを飲みながら、スティーブが尋ねてきた。知り合って数か月が過ぎていたのに、お互いのことは何も知らないことに気付いた。この時からいろんなことを彼と話すようになった。

「スティーブ、なぜ日本語を勉強し始めたの？」

「クレージーだったから。今の学生はスマートだよ。ちゃんとした理由で日本語を勉強しているからね」

彼は空手が切っかけで日本に興味を持ち始めたそうだ。そして、日本が好きだという一心で留学したのだ。お金が稼げるという、バブル期のアメリカの大学生のちゃんとした動機を彼はスマート（賢い）だと皮肉った。

それから私たちは東隣のインディアナ州インディアナポリスを通り抜け、さらに東隣のオハイオ州シンシナティから次第に南下した。そして、この日はテネシー州ノックスビルのモーテルに泊まった。

三月二日、木曜日。午前七時半に出発。三月のイリノイは雪が積もることもある。ところが南下すると、季節が冬から春へと劇的に変わった。そして、天候も激しく変化した。

テネシー州を抜けて、ジョージア州アトランタを過ぎたところで、急に土砂降りになった。運転していた私は車のワイパーを動かした。でも、激しい雨のためか前方がよく見えない。いや、それは雨の激しさのためではなかった。ワイパーに水を払うゴムが付いてなかったので、空回りをしていたのだ。慌てる私に「大丈夫」と声をかけながら、最寄りのガソリンスタンドを地図で必死に探すスティーブ。やっとのことで、田舎町のガソリンスタンドを見つけることができた。そこでワイパーを買ってポンコツ号に取り付けた。

ジョージア州南部の辺りから、急に緑が多くなった。夏の季節の地域に入ったのだ。私たちはセーターを脱いでTシャツ姿になった。午後六時に目的地のゲインズビルに到着した。晩ご飯は初めてのタイ料理になった。

三月三日、金曜日。フロリダ大学の学会会場へ行くと、前日から始まっていたことが分かった。いくつかの研究発表を聞き逃したが、多くの発表を聞いて勉強することができた。小規模だったが、フロリダ大学が資金援助をしているため、カナダやオランダからの参加者もいて非常に充実していた。

キャンパスを散策してみると、ランニングにショートパンツでジョギングをしている学生たちとすれ違う。フロリダ大学がある地域は亜熱帯気候である。イリノイとの気温の差は三十度もあった。

晩ご飯は地元のレストランに行き、ワニのステーキを頂いた。コリコリしている鶏肉という感じで、決して美味しい物ではなかったが、良い想い出になった。

翌日も学会に参加した。ただ、天気予報によると、嵐が西からフロリダへ向かっているらしい。ポンコツ号は大丈夫だろうか。

三月五日、日曜日。モーテルに隣接するレストランで朝食にステーキを食べている時だった。店内には警官たちが五人ほど集まって朝食をとっていた。しばらくすると、スティーブの表情が変わった。警官の一人が持っていた無線機から流れている声に反応したのだ。直ぐに席を立って、彼は警官に声をかけた。

「大変だ。高速道路が嵐で大変なことになっているらしい。早く出よう」

私たちは予定よりも早い午前七時に発った。

ゲインズビルを出て北上し始めること数時間。丘から平野に抜ける高速道路の前方を見て、私は目を疑った。曇り空の下に茶色の海が広がっているではないか。洪水だった。その中央に灰色の道がわずかに見えている。冠水したらどこが道なのか分からなくなってしまう。私は思わず強目にアクセルを踏んだ。

……ポンコツ、頑張れ！　ここを抜け切れるまで勝手に停まるなよ！……

私は心の中で叫んでいた。

ジョージア州を通って、テネシー州チャタヌーガを過ぎると、今度は大雨になった。天候にはとことん恵まれない車の旅である。前が見えないほどの土砂降りで、さすがの新品ワイパーも歯が立たない。何度も車を停めて、休みながらの運転となった。この日はナッシュビルに泊まることにした。

三月六日、月曜日。この旅で一番緊張した日になった。北上するにつれて気温が下がり、インディアナ州に入ったところで雪が降り始めた。Tシャツの上からトレーナーを着て、ジャンパーを羽織っての運転となった。

イリノイ州に入った頃には大雪になった。生まれて初めて吹雪の中を運転した。緊張のせいで身体は強ばるし、道路脇の谷間に転落した車を見かけた時、私の緊張感は最高潮に達した。それを見かねたスティーブが交替を申し出てくれた。彼も吹雪の中の運転は大変だったと思うが、どうにか無事に帰り着くことができた。

帰宅したのは午後四時。私は寮の食堂で晩ご飯を食べて直ぐに寝て、翌日の昼過ぎに目を覚ました。

その後、スティーブとは親しく付き合うようになった。論文にコメントをくれたり、日本に帰る前はワインを飲みながらカヌーを漕ぐ体験をさせてくれた。

日本に帰国後しばらくしてから彼に手紙を送って、日本の大学で教えないかと誘ってみたことがある。ただ、アメリカでの生活があるからと、電話でやんわり断られてしまった。

残念なことに、それから連絡が途絶えてしまった。ネットを使って消息を調べたが今も分からない。まあ、彼のことだ。ひょっこり私の前に現れるかもしれない。その時は、あのポンコツ号がどうなったか尋ねてみようと思う。「クレージーかもしれないけど」と前置きして、「まだ運転しているよ」と答えそうな気がする。

丸山康幸

一九六七年～二〇一六年

駅の人混みに藤田と木村が見えた。その後、すぐに神山の奥さんが改札口に向かって階段を上ってきた。梅雨独特の重い雲に覆われ海風が運ぶ湿気が強い。でも雨が止んでよかった。「サザンオールスターズ」に因んだ「サザン通り」を海に向かって歩いて行く。

藤田は五十歳を過ぎて京都の大学で本格的に写真を学んだ。サザン通りでは湘南らしい被写体をと期待していたようだが、平日の昼間は店もほとんど閉まっていて人影も少なかった。「これがサザン通りなのか。何にもないね」と肩透かしを喰らって笑いながら、藤田と木村はゆっくり歩いていく。

木村は一時体調を崩したが回復し、私が住む茅ヶ崎まで散歩がてら来た。二十分ほどで「サザンビーチ」に着いた。藤田が沖に浮かぶ「烏帽子岩」を背景に構図を決めて写真を撮った。私の家内を入れて全員でたった五人の記念撮影だ。木村、藤田は中高でボート部に属し私も同じクルーのメンバーだった。ただここにいるべき岡山、神山、鈴江はもう早逝してしまった。今日は神山の代わりに奥さんが来てくれた。


私の手元に中学三年から高校二年迄の手書きの練習日誌がある。何冊ものノートに部員が書き散らかした文章を神山の奥さんが六年もかけて本格的な本にしてくれた。イタズラ描きのような絵やイラストもそのまま忠実に掲載されている。私が一番大切にしている本だ。日誌の中ほどのページには何故か漁船と蛸の絵が大きく描かれてあり、そこには太字で「全国制覇、全員東京大学入学、部費百万円獲得」とある。これはどれも叶わなかった。

私たちが乗っていたボートは四人の漕手とコックスと呼ばれる操舵手の合計五人が乗り込むもので「ナックルフォア」と呼ばれていた。レースは静水の千メートルで行われ、四分を切るのが強いクルーの一応の目安になっていた。ある日霧雨が降る夕方、練習の最後に漕いだ千メートルのトライアルで三分五十七秒台が出た。その時は後半になってもスピードが落ちずボートが水上を滑空するようだった。

中学三年当時には同学年には十二名の部員がいた。私たちは入部当初から二年後の長崎国体で東京代表として出漕することを最大唯一の目標にしていた。

しかし高校二年時、一九六九年八月十日に行われた長崎国体の東京代表高決定レース直前の五月には怪我、体調不良、受験勉強などさまざまな理由で、練習に参加するメンバーは岡山、神山、藤田、と私の四名に減ってしまった。漕手が一人足りないので一学年下の鈴江を急遽クルーに入れた。

漕ぎのセンスが一番あった木村は練習のし過ぎから右膝を痛め手術をしたため漕ぐことができなかったが、頻繁に練習に付き合って陸上からタイムを測ったりフォームの注意をしてくれた。大学卒業後は父親が設立した飼料輸入会社で仕事をした。木村の長男は父親の運動神経の良さを継いだのか、昨年は花園で行われた全国高校ラグビー選手権に選手として出場した。

私たちがボート部に入部した当初は隅田川で練習していた。その頃の隅田川は汚染が酷く悪臭がたち込め、水面はゴミだらけだった。豚の死骸が流れてきた時もあった。

少し経って埼玉県戸田市にあるオリンピックコースに練習場を移した。授業が午後三時頃に終わり、その後、電車とバスを乗り継いで戸田のコースまで一時間くらいかけて通う日々が続いた。艇庫に着くとすぐに練習着に着替えてボートを浮かべる。

練習が終わる頃には六時を回ってしまう。腹が減って戸田のバス停近くの蕎麦屋によく寄り道した。帰宅はみんな夜の十時近くなっていたはずだ。眠い目で登校し、授業中は熟睡し、コースに通い、ボートを漕ぎ、また蕎麦を食べて、帰宅して寝る日々が続いた。昼食時も屋上に集まって「バック台」と呼ぶ器具で腹筋を鍛えた。

週に五～六日は練習した。九州への修学旅行でも同級生たちが街へ繰り出すのを横目に私たちは毎晩八キロメートル走と筋トレを欠かさなかった。

要するに私たちは完全にボート競技に嵌(はま)っていたのだ。このまま練習を精一杯すれば東京代表として長崎国体でもきっと優勝できると心から信じていた。皆んな楽観的で気が置けないメンバーで辛い練習中でもよく笑った。練習中に小魚がボートに飛び込んできた時は「縁起がいい」と歓声をあげて喜んだ。

戸田のオリンピックコースで練習する時はコーチの三谷さんが自転車で舗装路を伴走してアドバイスをくれる。だが戸田のコースからボートを担いで土手を越えて荒川に出艇するとコーチは付いてこられないので、一旦岸を離れれば五人だけの水上の空間になる。

ボートの上ではコックスの岡山が絶対的な権限を持ち、練習を指揮し漕ぎの注意をしながらクルー全員を叱咤激励する。岡山は浅草の剣道具屋の息子で性格が真っ直ぐそのもので練習では一切妥協をしない。一番小柄なのに気が強く漕手の私たちが疲れ果てて練習メニューを軽めにして欲しいという仕草をしても全く取り合わずに無視する。

岡山は日誌に「そ～ら漕げ、ほ～ら漕げ、漕げばレースは終わりだよ、ひょいと漕ぎゃすぐに、そ～ら漕げ、や～れ漕げ、漕げば荒川一周だよ」と書き残している。「笹目橋の手前の草むらでアベックがどうこうしていても、集中して目をオールに向けている事」と私を諌める注意書きも日誌にある。

神山は岡山と一緒の小学校卒業で、岡山曰く、晴れの日でもよく長靴と傘をさして登校していたらしい。クルーの中では一番大柄で筋力もありミニヘラクレスのようだった。鼻筋が通っていて今写真を見るとなかなかハンサムな高校生だ。

神山は数学と物理が得意だったがＢ５版のノート一冊で全教科を間に合わせていた。そしてそのノートをくちゃくちゃに丸めて制服のポケットに押し込んでいた。練習日誌にもベクトルや力学に基づいた身体とオールの角度の研究図や、オール自体の設計図があちこちに残っている。

クルーメンバーの多くは物理が不得意なので特に注意は払わず、「また神山が訳の分からない図を描いている」と思っていた。また所々にイラストやちょっとした詩も残している。あるイラストでは鉄塔、街灯や木に囲まれた道で男女が見つめ合っている。その横に「澄んだ空に星が輝き、男女は微笑む」とか「私は酷い痛みや哀しみを超えて、人気が無い夜、脚を引き摺って家路に向かう。神はそれをご存じだ」と立派な英語の詩が書いてある。ＢＤとイニシャルがあるのでボブ・ディランの歌詞なのかも知れない。

神山は中学生の時から酒豪で私が手製のカヌーを作っている時、自転車に乗って遠路亀戸から作業の手伝いに来てくれた。化学実験で使う乳白色のビーカーを片手に持ってストローを口にしながら私の家まで来た。中身はストレートのジンだった。

大学でもボート部に入り、ボート競技の中では花形のエイトのキャプテンを務めた。大学卒業後、電機メーカーの研究所で、当初は「視覚によるパターン認識」のテーマを探究したらしい。いちど研究内容を質問したら「人間の目と脳がどのようなメカニズムで交通標識や物の形を瞬時に認識しているのか」を解明していると答えてくれたが、私には見当もつかなかった。

毎日私たちは生真面目に練習に集中していたが、たまに女子のクルーに会うとやはり気になった。特に共立女子大学のコックスは飛び切りの美人で、私たちは密かに「戸田の花」と呼んでいて、私などは見るたびに胸が弾んだ。ボートレガッタには鉢巻に女性の髪の毛を縫い込むとレースに必ず勝てるというジンクスがあり、何人かで共立女子大学の艇庫に髪の毛を貰いに行ったような記憶がある。あの時「戸田の花」の髪の毛を誰か手に入れたのだろうか。

藤田は漕手の中で一番のファイターだった。父親が日本ボクシング協会の会長をしていて、練習の合間によくシャドウボクシングをしていた。神山と同じで練習をサボることは全くなかった。私たちのクルーは毎日練習後に脚を鍛えるために百回程度屈伸をした。練習で脚力を使い切っているのでそれがとてもきつかった。

ところが或る日、藤田は艇庫の斜路で突如千回の屈伸に挑戦してやりきった。私は真似をする気には毛頭なれなかったが、自分のクルーにそのような無謀な練習に臨むメンバーがいることが心強かった。

藤田は私と同じで日頃は全くと言っていいほど勉強をしていなかったと思う。でも試験前になると徹夜で詰め込みどうにか乗り切っていた。大学、社会人になってラグビーを熱心にやったらしい。会社勤めを早めに切り上げて家業の床屋チェーンの経営者になった。社員にはいわゆる「社会との適応がうまくいかない」若者を敢えて多く採用し、一人前に育てて暖簾分けをしている。今は捨て猫を七匹も飼っている。飼猫が死んで酷くショックを受けたと言う藤田と、屈伸を千回もやった藤田はもう一つ結びつかないが、何処かで繋がっているに違いない。

鈴江は年下だったが背が高く力も強かったので、急遽、年上の私たちのクルーに抜擢されて国体予選のメンバーに選ばれた。ずっと目標にしてきたレースを真近にして緊張気味のクルーの雰囲気を持ち前の邪気の無い明るさで和ませてくれた。鈴江が乗り込んでからもトライアルレースで四分を切ることがあった。

日誌には「僕は急に目標を与えられた。そうなんだ僕は目標を作ったんじゃない。与えられたんだ。しかし、僕はその目標に向かう事を誓った」と書いている。病院にお見舞いに行った時、四十年近く会っていなかったのに私の声を聞くと、「おお、丸さんだ。久しぶり」と直ぐに分かって笑った。その江戸前の口調は五代目古今亭志ん生にそっくりだった。

長崎国体の東京代表高決定の決勝レースは私たちと本郷高校の一騎打ちとなった。スタートから白熱したレースで途中全く差がつかず、ゴールまで二クルー、十人全員が一団となってなだれ込んだ。

「烏帽子岩」を背景に撮った写真は机に飾ってある。岡山、神山、鈴江は写っていない。四十七年経った今でも、あの日のレースを漕ぎ続けている気がする。

宮崎良子

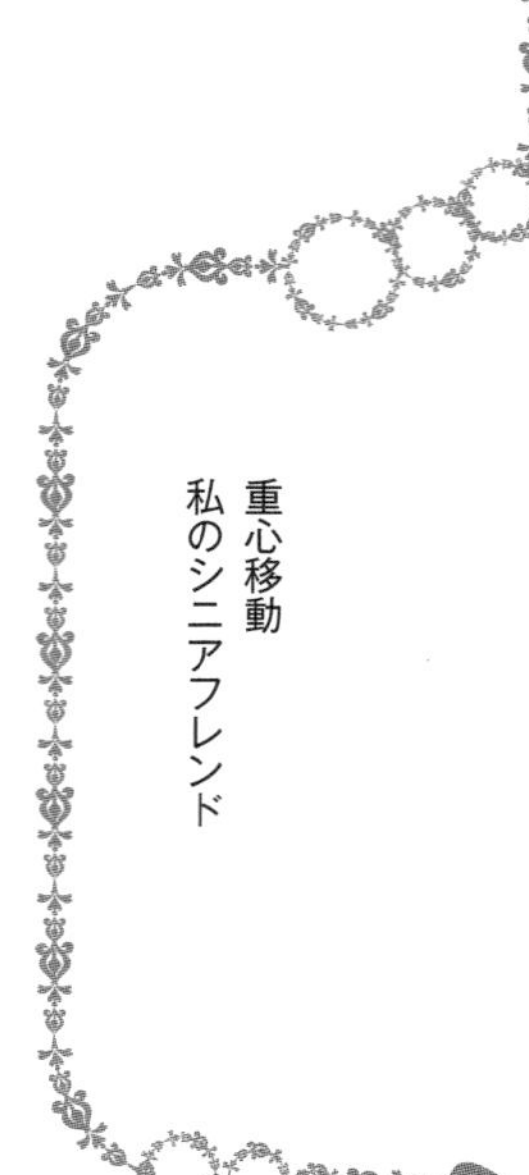

重心移動
私のシニアフレンド

重心移動

幾つもの見知らぬ顔に、真上から覗き込まれている。「大丈夫ですか?」「大丈夫ですか?」疎らだった人が忽ち人垣になる。雨の舗道に仰向けに引っくり返ったまま、私は次の行動を静止した。頭を打ったがそれを気遣った訳ではない。すぐにも起き上がれたが、そそくさと立ち上がった時の気恥かしさと、周りの反応を思い、一瞬次の行動をためらった。

いつものように友人とランチを楽しんだ後、一人で「カリーノ」の裏口に出た。先刻までかなり降っていた雨は今は小止みだ。軒下の狭い歩道を三、四歩、大きく踏み出した右踵(かかと)が滑った瞬間、見事に全身が跳ね上がった。

タイル貼りの硬い路面に、最初に右の臀部がどんと落ち、背中を反らしたまま、顎が上がった状態で頭を打ちつけた。よくスローモーションのようにと言うが、確かに次にどういう状態になるのか分かりながら、自分をどうにもできず、なすがままに倒れ込んでいく。

オフィス街なので、昼食後のサラリーマンが三三五五職場に戻るところだが、滑った瞬間を目撃した人もしなかった人も一様に、事故者か或いは病人が、大変な状況にあると判断したに違いない。なにしろ雨の中、数秒だが長々と寝そべったままなのだから。

その原因の中心に今自分が居る、なんてことはそうそう有るものではない。その面映ゆさの中で十秒足らずだが気持が揺れていた。このままでいたら周りはどういう反応をするのか、もう少し観察したい心境にあった。

ミステリードラマの影響か、後頭部殴打、即、脳挫傷の文字が散ったが、派手な転倒の割には症状は深刻ではないとの咄嗟の判断があった。周りの人は動かしていいのか悪いのか見当がつかず、手を出しかねている。このままじっとしていたら救急車でも呼びかねないので、徐(おもむろ)に右手を出した。

右側に制服姿のＯＬ二人、その後ろに数人がとり囲み、左側に若いサラリーマン数人がいて、両方からすぐに起こしてくれた。

「大丈夫ですか、すぐに病院に行った方がいいですよ」

「後で症状が出るからすぐに行きなさい」

と、口々に勧めてくれた。

この人達にとってもちょっとした非日常だから、職場に戻ったら「今そこに人が倒れていて」と、話題にすることだろう。そんなどうでもいいことを思いながら、折角かけてくれる気がかりそうな声に背を向けて歩き出す。

注視されているなと思いながら、打ったお尻のあたりに手をやる。薄手のジーンズがしっとりと雨を吸っている。少し痛い。頭は思ったより上、頭頂部に近い所が、ピンポン玉のように盛り上がっている。ここも少し痛い。

起き上がったまま無意識に歩いていたが、気がつくと小さなハンドバッグは肩から斜め掛けに、大きな長い傘は左腕にしっかり掛けたまま倒れ、そしてまたそのまま立ち上がって歩き出したらしい。

右手首外側に痛みを感じ、見ると五百円玉ほどに丸く青黒い痣ができている。症状からして強打したらしいが、どの時点で打ったか全く記憶にない。結局数日経っても、手首の痣以外どこにも痣も骨折もなく、痛みもほとんど無かった。

コブになったから心配ないと思ったが、翌日脳神経外科に行ってみた。検査が必要か、必要があれば、その時期は今すぐがいいのか、症状が出てからがいいのかを聞く為に。しかし先生は有無を言わさず、その場でレントゲンとMRIを撮ってしまった。

自分の頭蓋骨の写真を初めて見た。それはのっぺりした輪郭だけの、大きな「しゃもじ」か電球のようで、球形の中は透明で何も写っていない。ただの巨大なおしゃもじだ。この上に皮膚や髪が被っているだけなのかと、ちょっと滑稽な物体を見た思い。

脳の写真に至っては皆目分からない。先生の説明に頷くのみ。上部の白い隙間が記憶力の低下の徴候とか。年相応なんでしょうか、それとも……。常々自覚はしておりますが。

早速スポーツクラブの仲間達に報告。その報告で私は、しっかり自分の若さを強調することを忘れなかった。

「歩き方が若かったからあんな転び方をしたのよ」。ウォーキングの基本姿勢通り、大股で踵からけり出したので仰向けになったと、自慢気に言った。年寄りらしく小幅で前屈みだったら前のめりで済んだのに。

皆んなそうだそうだと、日頃の鍛錬を認めてくれたが、その時一人の仲間が言った。

「でも、重心が前に移っていたら、後ろに仰け反ることはなかったんじゃないの」

調子に乗って若ぶっていたら見事一本とられた。言われてみればその通り、重心の問題だ。

足は出したが体がついていっていない。それからは軸足をグッと蹴ると同時に前足に重心を移動し踵から着地するよう心がけている。

今年四月、熊本地震を他人ごとと同情していた直後に、私の身に起こったことでした。

私のシニアフレンド

綾町の友人Oさんからのメール「持病の足痛で、今年は竹の子採りに行けません。悪しからず」。Oさんは小学校の同級生である。二、三年前から竹の子を持ってくる度に、もう今年までかもしれないと弱音を吐いていたので、遂にその時がきたかという思いがした。

体力の低下をいうなら、私も最近片足立ちで靴下が履けなくなり、少なからずショックを受けている。バランス感覚の問題だと思っていたが、加えて腰が曲がらず下腹も出てきたのか、足先に手が届かなくなっている。

ついこの前まで何の苦もなく出来ていたことが、あっと言う間に坂道を転がるように加速する。こうして一つずつ出来ることが少なくなるのかと、日々実感しているところだったので、Oさんのメールは身につまされる。

同窓生の訃報や、仲良しだったクラスメートの闘病など耳にすると、ほんとに辛い。誰が先か後か分からないが、同窓会はいつ迄開催するかが話題になり始めた。取り敢えず来年の喜寿は元気で逢おうと話している。

スポーツクラブの八十代半ばの先輩の話によると、先頃女学校の同窓会で、ご主人が健在の人を確かめたところ、二十二名中二名だったとか。平均寿命の通りなんだなと、非常に現実的な話として聞いた。

私が通うこのクラブで、朝一番に集う常連さん達も、男性二・女性八の割合で、七十代後半から八十代を中心に、九十代も二人と、超高齢化社会の縮図通りである。

毎朝勤め人のように定刻に家を出てジムに向かう。オープンは十時なのだが、八時半過ぎのロビーには、すでに数人集まっている。バスの時刻や、送ってくれる家族の都合など、受け身の高齢者は周りに合わせているからなのだが、待ち時間を利用してのひと時の会話は、ひとり暮らしには有難い。

「お早う!」

「Yちゃんお早うございま~す」

「あら、Mさんは？　欠席届け出ちょった？」

誰かが向こうから「聞いちょら〜ん」

「宮日の死亡欄には出ちょらんかったが」と、携帯を出しながらアメおじさんがいつものように茶々を入れる。いつも飴を配っているので、女性達は陰で秘かにアメおじさんと呼んでいたが、最近は本人の前でも大っぴらにそう呼ぶようになった。

「あ、生きちょった？　あそうね、じゃまた明日ね」

口は悪いがシャイなアメおじさんはボソボソ、「Mさんは急用で来られんくなった」と。

死んだの生きたのと穏やかでないが、孤立死を言われる昨今、ひとり暮らしにはお互いそれとなく気を配っている。心配しないように事前に分かっている時は報告するようになった。欠席届けと称して。

Yちゃんは今年九十一歳を迎えたが、年下の我々は何故か失礼ながら「ちゃん」付けで呼んでいる。一つ歳上のご主人が毎朝車で送ってみえるが、必ず窓越しに手を振ってじっと見送る、ふくよかな可愛い女性だ。

ガラス戸の向こうから、小粋な帽子に色合わせしたスカーフ、美しい足捌きで入って来るのは、Yちゃんより更に年長、九十二歳の大御所だ。颯爽と入ってくる割には座る時「あイタタタ」と言う口癖はご愛嬌。

こんな感じで、他愛ない茶化し合いからその日の会話は始まる。話題は健康問題から趣味、時事問題とどこへ飛ぶか分からない。

「遅かったね、道が分からんくなったと?」

「足腰ばっかり鍛えてると徘徊して困るが、脳もしっかり鍛えちょきないよ」

そんな声を遮って私も会話に割り込む。

「私、明日病院に行ってくるわ、ここ腎臓じゃないか」気になっている右腰を押す。

「もし腎臓だったら誰か腎臓一つ頂戴ネ」

「あ、いいよ、腎臓でも心臓でも何でもやるよ」

心優しいアメおじさんはどのパーツでもくれるという。病院をたらい廻しされたあげく、腫瘍が見つかったのはあいにく卵巣だった。

「う〜ん、何でもやっとじゃけど……」

残念そうに、いやいや難を逃れてちょっと嬉しそうに。

私の体内に腫瘍が見つかったのは事実だが、ここではどんな深刻な話も、何でもないことのように思えるから嬉しい。本当に余命何日と言われるような日がきたら、この人達に盛大なパーティーで送ってもらおうと本気で思う。

メールの後Oさんがいつもの元気な顔で来てくれた。竹の子の代りに日向夏と数冊の本を抱えて。無類の読書家のOさんは本に囲まれて暮らしている。私は私設図書館代りに運んでもらっているが、最近は読書も捗らない。

Oさんの正真正銘の晴耕雨読の余生は模範的だが、大地震でもあったら愛読書に埋もれてしまうのではと思うが、それも彼には本望かなと思えるので何も言うことはない。

我々の年代はもはや献血も臓器提供も有効期限切れで「ノーサンキュー」だそうだから、臓器は自分で使い切りましょう。楽しい私のシニアフレンドの皆さん、明日もよろしく。

森 和風

〝眼(MANAKO)のない絵〟

〝眼(MANAKO)のない絵〟

つい最近のことである。大分以前に出版された本を見ていた時のこと、走馬灯のように五十年の刻が逆流して来て、昨日のことのように思い出され、懐かしさと同時に私の修行時代の事柄が、顔や心の内側一杯に溢れて来た。

それは美しい日本の風景が細やかに美しい色彩で描かれ、その土や樹木の匂いすら感じられる。繊細で、素朴で、リアルな中の抽象的な表現であった。私の感性の鈍った胸の奥から……、深いため息が出ていた。

――なんてこの絵はこんなにも懐かしく、新鮮な中に不思議な郷愁を誘うのだろうか?!――そして次のページ、また次のページ、そして……。

私はページをめくりながら「ニヤリ!!」とする自分に今度はドキッとして……――「何て素晴らしい絵なのかぁ……」誰も居なかったら大声を出したい衝動をやっと抑えていたのだった……。

そこには童謡詩に合わせられた、その歌の生まれた地方の風景が、原田泰治の点描技法によって描かれていた。そして絵の中の顔には全部――間違いなく全部――〝眼〟が描かれていないのだから驚いた。

不思議な感覚におそわれたが次の瞬間……!!「あッそうか、これで良いのだ……」と。眼があるとイメージの展開は決定する。が、眼が付いていないために心の中の……、頭の中の……、活性細胞が働き始めるものらしい。次の瞬間また、嬉しい気分で一杯になった。嬉!嬉!嬉なのである。こんな気分の中、また信じられぬ思い出が蘇って来た……。

私が中央展でグランプリを受賞した三十六歳の秋頃のこと、日本の代表作家の展覧会に出品させていただく栄に浴し、東京、大阪、福岡に移動する展覧会でのことである。いや事件と言った方が良いのかも知れない……。

大阪会場でのこと、私は小品——確か四〇センチ×五〇センチくらいの作品であった——を出品して、会場には出ておらず、主催者側の担当者の方が、運営に携わっておられた時のこと——。ご覧になられていた年老いた男性が、主催者側の方に文句を言いに来られたそうである。

——「この作品を書いた人は何も解ってない!! ウソを書いたらイカン!!……」と。

その時の私の作品は〝野口雨情の「波浮の港」〟の歌／詩を書いていたのだが、お叱りを受けた内容は、

「磯の鵜の鳥ゃ　日暮れにゃ帰る
波浮の港は　夕焼け小焼け
明日の日和は　ヤレホンニサ凪るやら」

その方の言い分は、

——波浮の港にゃ鵜の鳥はおらんし、夕焼け小焼けにもならない!!——と。

主催者側の方たちが解説され、〝この詩は野口雨情が創った詩であること、その歌をこの書家は書いているのだ……〟と解説したそうだが、その後も頑張られた……と聞いたのを思い出したのである。

このような机上で書かれた詩や歌は、明治から昭和の始め頃まではたくさんあるが、現代のように、交通手段、写真、情報が溢れている時代には、あり得ない話である——と同時に、あり過ぎて当り前となり、感動もなくなり、歌／詩の美しさや言葉の意味さえもドーデモ良い時代になってしまっている。

私に昔の古い思い出を蘇らせてくれた「童謡・唱歌百選」の発刊に寄せての中で、〝残すべき歌と風景〟と題して永六輔氏——先頃逝去——も書いておられる。

美しい日本語を、美しい日本の風習を学んだのも〝童謡や唱歌〟の中からである——と。今の子供達が知らないのは残念であるし、それをしない教育も不思議である……と。

そしてまた、思い出したことがある。

永六輔氏と言えば、ふるさと宮崎が新婚旅行のメッカだった頃、「フェニックス・ハネムーン」の歌が流行した。——作曲はいづみたく氏であった——

君は今日から妻という名の僕の恋人
夢を語ろうハネムーン
フェニックスの木蔭ンーン　ンーン

宮崎の二人ンーン　ンーン

この詩も永六輔氏が書かれたものであった。

（ご冥福を祈って合掌）

森本雍子

花道のある風景

花道のある風景

舞台から花道にさしかかった道行のそのさまは、死に対しての恐怖だったのだろうか。いや、もはや生と死の狭間における人間の極限を演じているのだ。

醬油屋の手代徳兵衛と北の新地天満屋のお初との絡み、曽根崎心中は壮絶だ。決して、美しい絵画的なものではなく、むしろ、醜悪に近い。心中に向かう男と女との体内から迸る（ほとばしる）、汗や熱や髪の毛一筋ひとすじから、もはや美しさを超えた、狂気があるばかりだ。そして、浄瑠璃など地方における演者には曖昧の世界に等しいのだ。

しかし、花道で演じられる芸に観客は魂を奪われている。花道の名称は、折口信夫によれば、古代の相撲会において左右の力士が登場する際、左は葵の花、右は夕顔の花を頭に挿して出た道に始まったということく、やはり役者に花を贈った道に付したものであろうか。その花道で汗まみれになった叔母の徳兵衛は瞼の奥深く今でも生きている。

現在の舞台づくりはあまりにも明る過ぎるということを危惧されている方がいる。平成十年に亡くなられた、早稲田大学名誉教授の郡司正勝先生である。先生は言われている。能の名人が演じられた舞台。そこには、冥途とこの世を繋ぐ一筋の白道が現出した。そのとき先生は幽明の境を想ったのだと。

その舞台と叔母の演じた浄瑠璃との違いは明々白々なのだが。一つだけ思えることがある。先生の言われる「曖昧さ」というお考えである。曖昧さというと、何か、後ろ暗さを考えるが、美の世界では論理を超えた境地であると。そして、明瞭さというものが人間を生かすかどうかは、疑問であるとも。そして、電気照明が文明の重要な尺度となっているが、その精巧さは曖昧の世界を止めどなく追い出してしまったように思えるということも伝えておられる。

戦後、穏やかな春の午後、叔母と橘橋を歩いていた。ふと、叔母は足を止め、ライオンの口から水が出る水飲み場の前まで誘い、「お前のその前髪は少し切りなさい。そうでないと、眼姿が悪くなるよ」と懐からつげのくしを取り出し、捌いてくれた。その頃は幼く、何を言われたのか思い至らなかった。

叔母はよく私を可愛がってくれた。戦後の世の中は、ようやく復興の途につき少しずつ平穏に向かっていた。踊りを厳しく教え、刑務所やいろんな施設、ＧＨＱにも度々招かれていた。その土地土地の産業も消費拡大を図っていた。県や産業奨励館などからも叔母はしばしば依頼され、物産展に彩りを添えることだったか、都城始発の夜行急行「高千穂」に乗り上京した。三越デパートで物産展のある時は、三越劇場で日向民謡の稗つき節などを披露した。

人には様々な生き方がある。踊り一筋に生きて来た彼女にとって、「踊る」ことが全てだった。あえて、ここでは、舞踊と言わず、踊りというのが叔母にとって相応しい気がするのだ。舞踊の師匠というより、踊りの先生、と呼ばれる方が。叔母は自分にも「踊りの先生」で通した。相手にもそう自己紹介した。社会通念上の常識が全く無かった。「目上の方とか、いわゆる、立場の違う方という認識も皆無だった。考えてみれば、自分を中心に回っていたとしか思えない。私の職場にもだれの許しをえることもなく「ようこ！」と、つかつか入ってくるのであった。いつしか、叔母とは自然と疎遠になった。

小さな公会堂だったか、昼間は二部式に、広い板の間を半分に仕切り、国民学校一年生は白組、赤組と分けられ、背中合わせに授業を受けた。授業の内容はすっかり忘れたが、週に一回ほどの給食を食べに本校まで歩いて通った。雨の時の道のぬかるみをズックで歩くのはまだ良かったが、不運にも藁草履(わらぞうり)は水を吸い冷たく、気持ちが悪かった。給食のうどんに穴が空いたような、すいとんみたいな麺が不思議に美味しかった。

夏休み、その公会堂に芝居が掛かるという触れがあった。どこからともなく、風の便りに「こ虎丸一座」もやってくるという。この一座は地元出身というのも聞こえたりして、子どもも大人も大いに盛り上がっている。どんな一座で、どんな編成だったのだろうか。覚えていない。うっすらと記憶しているのはぼんやりとした裸電球のもと、演じられる、いわゆる、股旅物と言われる、「合羽(かっぱ)からげて、三度笠」ふうの芝居だが、満場を沸かす、勧善懲悪(かんぜんちょうあく)や義理人情とかの日本人の心を何故かくすぐり、陶酔の世界に誘われ、大勢の客で賑わった。

何といっても、舞台の役者と観客は近く、はっきりした口跡、美しい所作、大きな立ち回りに手をたたき、口笛を吹き、果ては足を踏みならし、五体はもはや役者と同化し、やんやの喝さいである。近いのは舞台のみならず、心が近いのである。役者の目の動き、一瞬の情感に触れると、自ずと笑いや、涙が込み上げる。なにか、出雲の阿国あたりから受け継がれた、この地芝居には日本人の持つ肌感覚がくすぐられるのであろうか。

木戸番で木戸銭(きどせん)を払い、履いていた草履や下駄などは自分で手に持ち、何も敷いてない板張りの床にそっと置くのである。十年ほど前だったか、愛媛県の内子座に人形浄瑠璃を見に行った。やはり、履物は自分の桟敷横に置いたが、ビニール袋が配られ、時代の移りを感じた。

長じて、こ虎丸一座のことを調べたのだが図書館あたりにも資料がなかったのである。ちょっと前まで橘通りに芝居小屋を張っていた「橘劇場」に友人と行く約束をしていたのだったが、とうとう見ずじまいであった。一度、劇場前を通り掛かったおり、昼の部の跳ねた時間だったのか、役者が贔屓の客を見送って通りに出てきた。そこに、客の一人が紙幣を輪にしたのを役者の襟に掛けたのだった。

久しぶりに、日之影町の山室宗義さん（夫の従弟）に電話を入れた。家人は「今の時期のこの時間はきっと田植えだろうよ」と言ったのが的中したようであった。用件は「鐘馗様」について問いたかったのである。『郡司正勝遺稿集』によれば、鐘馗は関羽とならんで、日本の民衆が中国から喜び迎えた荒人神である。関羽は歌舞伎十八番に入ったが、鐘馗は入ってないという。

しかし、三番叟と同様鐘馗舞が祝いの舞い、あるいは、歌舞伎や浄瑠璃の前座に演じられていたようだ。また、そう遠くない過去にも、五月の節句の幟や人形にも用いられてきた。

何年か前、エッセイスト・クラブで日帰り旅行をした。日向市駅からバスで耳川沿いの若山牧水記念館に赴いた。そこでお目にかかった墨染めの鐘馗様の幟が印象に残った。

その後、宮崎市で創業百年はゆうに超えるであろう老舗の旗店に伺うと「鐘馗様の幟ですか？」と言って「現物は今、作っていないのですが」と店主の先々代が染め上げられたという武者幟の鐘馗様の写真を見せていただいた。「以前は鐘馗様についての問い合わせもあったのですが、ここ十年くらいは聞きませんね」と感慨に耽っておられるようだった。

日之影大人歌舞伎（日之影町大人集落）が清武町の半九ホールで、今年四月に公演された。「寿三番叟」が幕開けにあり、続いて浄瑠璃芝居の「一の谷嫩軍記流の枝（菟原の里林住家の段）」であった。宗義さんにやっと電話が繋がった。「三番叟は、心が浮き立ち感動します」と伝えると、嬉しそうな声で「ありがとう」と少しどこかに、町会議長を務めた名残があったが、すぐ、浄瑠璃の太夫の奥深い声に戻った。

「ところで、一の谷の浄瑠璃では、三味線も太夫も宗義さんが務められましたが、どなたから語りを教わったのですか」の問いに「いや、あれは親父よ。小さな頃から、子守唄がわりに聞かされたからな」と言われるので「あの県の文化賞を受賞された良一伯父さんですか？」と問うと「そうだ」と言われる。正式な師匠につくでもなく、口から口への伝承で残っていくようだ。

日之影町では岩戸神楽も伝承されている。もともと神楽は豊作祈願なので昔は新嘗祭(にいなめさい)から始まったようだが、今は一月に行われる。集落の神社から神様を迎え入れ、厳かな神事の後、いよいよ神楽が始まる。その折の太鼓の音が、いかにしめやかに厳かにまた、人々の心に響くかについて郡司正勝先生にお伝えしたのが、先生との出会いの食事会であった。

平成三年二月十九日の寒い日であった。木花地区に江戸の昔から伝承されているという木花相撲踊りが、無形文化財としての価値判断ということでお招きしたのが、早稲田大学の民俗芸能に於いての権威でもある郡司正勝先生だった。三日間の現地調査で、宮崎市無形文化財第一号の指定を受けることになるのである。初対面ながら様々な話をさせていただいた。先生にはどんな話でも受けてくださる度量の広さ、奥行きを感じた。日之影町の歌舞伎の太鼓の音色に非常に興味を示していただき「一度、伺いましょう」と約束していただいたのである。

先生は志賀山流の名取である。志賀山流というのは江戸初期にさかのぼる最も古い日本舞踊の流派で、前出の叔母は二世尾上松緑(おのえしょうろく)が家元だったので、叔母について東京紀尾井町まで伺ったことなど話は尽きなかったが、後に、先生は歌舞伎の演出や台本を書き直す補綴(ほてい)に手を掛けるようになられ、早稲田のゼミ生の中には歌舞伎の名だたる役者がおられた由、対等にお話しいただいたことが、誠に恥ずかしい限りである。このような素晴らしい先生から言葉の端々に「花道の出方、引き込み方」など伺ったが、今、ふと「人生における……」と、そのようなお声が聞こえた気がする。答えを手繰り寄せようにも、一瞬の時は瞬く間に消えたのだった。

柚木﨑　敏

再来年の予約

再来年の予約

大腸検査を三年毎に、胃検査は毎年受けて、もう何年にもなる。
いずれも内視鏡を消化管に入れての検査だ。
検査の度に、解明したい事象が頭を去来している。
大袈裟に言えば「終焉の解明」である。

検査は患者に苦痛を感じさせないために、深い睡眠状態にして行なわれる。準備万端整って、点滴をしながら診察台に横になると「楽にしてください。薬を入れます」と看護師さんから声がかかる。すると点滴中の腕の付け根にチカッと痛みを感じ、そのまま意識がなくなってしまうのだ。

そして、目が覚めるのは、最初寝かされたベッドで、検査は済んでいる。

その間、どんな検査をされたか、どんなにして移動させられたか、全く分からない。

痛みを堪（こら）えて、テレビモニターで一部始終を視せながら検査を終える病院もあるそうだが、私の行く病院は、この睡眠方式だ。

そこで私が知りたいのは「意識を失うその瞬間」である。恐らくそれは、私がこの世に別れを告げる時の状況と同じではなかろうか？　との仮定からだ。つまり「終焉の解明」を探究しようとの魂胆である。

「それを知ってどうするの？」と問われても答えようもないが、徐々に近付く自分の最期を、恐れず静かに堂々と迎えたいとの密かな願望と、私の飽くなき好奇心を満たすため、どうしても知りたい。

そう考えながら、何回も検査を受けたのに、思いを果たせぬまま大腸検査は、止めることにした。

この検査は、その直前に大腸に付着した諸々の残滓を洗浄するため、二リットルもの下剤液を一挙に飲まねばならぬ。九十歳近い我が身にはいささか苦痛だ。そこまで辛抱して検査を受けねばならぬかとの疑義が生じたからである。

仮に検査を受けなかったため、大腸に発症する腫瘍の発見が遅れたとしても、この歳では急激な増殖もないだろうし、摘出は無理だろう。これが命取りになっても、戦争で国に捧げた生命が、こんなにも永らえたことを喜ぶべきで、これ以上の延命は不要だ。と思ったからである。

ただ胃の検査は、朝食を抜くだけで、特段の準備は要らないし、意識消滅解明の課題にも未練が残るので、続けることにした。

昔の胃検査はバリウムを飲んで、それをX線写真に撮って診断する方式だった。

造影剤のバリウムは、実に飲み辛かった。喉から食道を通り胃に溜まるのだが、医者は、その黒い造影剤の嚥下する様子をX線で透視しながら不審な箇所を撮影して診断した。

この方式では、食道や胃の壁面の凹凸が判別できるだけで、内部の色合とか、微細な異常の識別は困難なのだが、それでも、日本人に多かった胃癌の早期発見に、大きく寄与したという。

いま放映されているテレビの医療番組に依れば、この方式の普及で、胃癌の死亡率が、以前より三〇パーセント強も低下したと伝えている。

胃内視鏡が導入されるのは、その後で、胃癌の早期発見は一段と成果が上がるようになる。細いケーブルの先に、レンズの付いた内視鏡が着装され、医師はその装置を使って、人の胃や腸の内部を、明確に直視できるようになり、写真撮影も可能になった。

患者が、大きく口を開くプラスチック製の道具（マウスピース）を啣えると、医師は、そこから内視鏡を挿入する。内視鏡は喉を経て食道を通り、胃に達し、胃の中を隈無く診察し、異常を見付けると、その部分を写真に撮る。

たいへん簡便で、正確な検査法のようだが、実は相応の技術を要する方法だった。この検査法が、宮崎にも波及して来た頃、私も医大病院で胃内視鏡検査を受けて、練習台にされたのを思い出す。

検査は、指導される教授と、研修中の学生さんが二、三人おられたような記憶がある。

まず教授が、学生さんに、私の喉へ内視鏡を挿入するよう指示された。

当時の内視鏡のコードは、今のものより幾分太めだった。それを慣れぬ手つきで、インターンの学生が恐る恐る私の喉に押し込むのだから、たまったものではない。すぐに咽せて、「ウエッ」と吐き気をもよおした。驚いた彼は手を休める。食道で止まった固形物は突き刺すような刺激を与え続けるので、声にならぬ声で悲鳴をあげてしまった。

見兼ねた教授が、食道から手際よくコードを引き抜いてくださった。吐いた唾には血が混じっていた。

「いいか。こんなふうに入れるんだよ」

と、引き抜いたコードを手に持ったまま教授は実地指導を始められた。

手慣れた手つきで機器の先端が喉を通ると、内視鏡は、するするーっと吸い込まれるように胃に届いた。

やはり先生は上手だ、と安堵した途端、教授はスーッとコードを引き抜いて、そのコードを再び学生の手に持たせ、

「もう一度」

と、顎をしゃくられたのだ。

「もう嫌だ。止めてください」

私は、嵌められた口かせの中から、声ならぬ声を絞り出し、気を失いそうな気分に襲われた。

学生さんはコードを受け取ると、慎重に私の開いた口に挿入した。やはり痛かったが、早く済ましてくれと祈りながら、何とか懸命に我慢した。

検査が終わると、教授は申し訳なさそうに、

「痛かったでしょう。大学は教育という側面もあるものですから……」

と、変な釈明をされたが、この時受けた心の傷は、未だに治っていない。

今もなおこの方式による検査は継続されているそうだが、コードが細くなり機器が小型化したこと、挿入直前喉に麻酔を施すなどで、昔のような苦痛はなくなったらしい。


ところで、今回の検査も無事終わった。

これまでは点滴されながら寝台車で手術室まで運ばれ、いったんそれを降りて、自力で手術台に上がらねばならなかったのに、今回は院内が改装され、寝台車が手術台と同じ高さになって、運ばれたらそのままごろりと転がれば、手術台に移ることができて、感心している間に、精神安定薬を注射され、眠ってしまった。

目が覚めたのは、カーテンに囲まれた最初の寝台だった。

またまた、肝心の「死の瞬間」の探究はできなかったのだ。

残念の極みだった。


会計を済ませると、担当の若い女子職員が分厚い予定表らしい書類をめくりながら、声を掛けた。

「あのー。次の検査の予約ですが、一番近い日で、再来年の一月十二日になりますが、よろしいでしょうか？」

私は思わず息を飲んだ。

「再来年」という言葉に「そこまで生きているだろうか？」と不安な反応をしてしまったのである。

若い頃はそんなことはなかった。待機時間は、たかだか一年とほんの少しの月数である。

それなのに、それまで生命があるだろうかなどと心配するのは、長生きして人生の終末がすぐそこに迫っていることを、気にするようになったこの頃である。

つい先日、知人の葬儀で、待っていた霊柩車に棺が搬入されるのをすぐ隣で見ていた友人が、

「俺も、もうすぐあんなにして運ばれるのよなぁ」

と、感慨深く囁いた。この人は私より三歳若いのに、同じことを想っているのだ。

人間誰しも、八十歳後半ともなれば、すぐそこに迫った己れの終焉を考えるのだろう。


さて、再来年の予約である。生命が心配で逡巡していると、後の患者がすっと私の前に進み出て、何のためらいもなく受付に、

「この人と同じ日でいいですよ」

と、ほお笑みながらの予約である。

「あなたは何年生まれですか？」

と、私。

「昭和十六年です」

その顔には、安堵と希望が色濃く漂っている。私より一回り若い。再来年の予約に、何の疑念も戸惑いも持っていないのだ。

いいなぁと羨望を感じ、その勢いに押され、私も予約を承諾する。

「予約日に、逢えるといいですね」

私は敢えて「逢いましょう」とは言わなかった。

果たしてその日に、私は顔を出せるのか？

この人は、きっと来院するだろう。

もし、私がその日まで元気ならば、今度こそ「意識の切れる瞬間」を見極めて、次にやって来る終焉に備えよう。

いや、それ前に、胃影ならぬ遺影でも撮っておこうか。

夢人(ゆめと)

夏・オムニバス

夏・オムニバス

今年も暑い夏がやって来た。

温暖化が進んでいるという頭があるせいか、年々暑くなっている印象がある。中には《地球自体は少しずつ冷えている》などと言う学者も居て、やはり気のせいか、などと思ったこともあったが、今年の暑さはやっぱり尋常ではない。どう考えても、地球は熱くなっているのだろう。そのうち外出禁止令が出て、夏の風物詩も見られなくなってしまうかもしれない。

そんなつれづれなことを考えながら、はたと、あと何度夏を過ごすことが出来るのだろう、と思ってしまった。そこでこれを機会に、少し私の夏を書き残したくなった次第である。

精霊流し

私は長崎市生まれの、長崎市育ちである。お盆には、各地でいろいろな催事があるが、長崎では精霊流しがメインイベントだ（さだまさしという長崎出身の歌手のデビュー曲でも、大層ヒットした）。

初盆に、全ての家でというわけではないが、御霊（みたま）をお迎えし、八月十五日には、西方浄土へお送りする。一般に、精霊流しと言うと三十センチメートルほどの小さい船に灯籠をのせて、川に流すイメージだが、長崎の精霊流しは、平均して五、六メートルから、大きいものでは十メートルぐらいの船を流す。中には、この十メートル級のものを何連もつらねて練り歩く家もある。

従って船の下には滑車がついている。そうして、港へ続く《県庁坂》という坂を必ず通り、港へ船を流すものだから、その県庁坂にはテレビ局と識者が陣取り、一時間枠のテレビ番組があるくらいだ。鑑賞会というと不敬だが、故人を偲びながら、各家の精霊船の品評会を行うのである。

今でこそ様々な規制があるが、昔は時々死者も出るくらいの激しい時期もあった。花火の量もこれが半端でない。爆竹（長崎では音火矢と言う）がメインで、ロケット花火（同様に矢火矢と言う）、ドラゴンと言われる道路において火が「ゴーッ」と噴き出す花火も使うが、主役はやはり爆竹だ。もちろん、一つひとつに火をつけるようなまどろっこしいことはせず、箱ごと火をつける。その音たるや、凄まじく、鼓膜が破れないように曳き手には耳栓が必要だ。

早いところでは、喧騒を避けて午後四時ぐらいから近親者で船を曳いて行くが、時に一メートルほどの船を担いで、流し場へ向かう家もある。幼くして亡くなった子どもの船である。前後を父親と母親が担ぎ、その後ろを祖父母だろうか、縁者がお菓子や縫いぐるみなどを持って歩いて行く。故人を偲びながらも、ほとんど祭りの様相を呈しているなか、さすがに〝のぼせもん〟（長崎でお調子者のこと）の多い長崎人も、そっと手を合わせ、一時の静けさを供える。

十歳の夏、初めて精霊船の曳き手の一員としてデビューした。デビューと言うと無礼に聞こえるが、曳き手になるということは、ある程度一人前と認めてもらうことに他ならない。とは言え、場合によっては船同士の喧嘩や、路上での船の回転（今は禁止されている）、花火等々危険も多い。一番しんがりで鐘を担ぎ、打ち鳴らす年少二人の先輩の、その控え要員なのである（鐘は景気づけに鳴らすのだと思っていたが、音が邪気を払うのだそうだ）。それでも、一家で揃いの法被、白い短パン、白い足袋。腹帯を巻き、気分は高揚する。近所の、可愛がって貰っていた小父さんの船である。小父さんの面影を胸に気合いも入り……。

しかし、夏のことである。流し場である港までは七－八キロメートル。暑いし、段々と疲れてもくる。やめておけば良かったと後悔しても、見かけは一人前の恰好をしているのだから、もうやめますとは到底言えない。気合いの入っている振りをしながら「ドーイ、ドーイ」と掛け声をかけて皆を鼓舞する。

そのうち、メインストリートに近づいて来ると、見物客も増え、船もひしめきあい、アドレナリンの分泌と共に疲れもどこへやら。周囲の大人たちも徐々に殺気立ってくる。爆竹の轟音と立ち込める煙、火薬の匂い。鐘の音、掛け声、怒号。県庁坂辺りに来ると、最高潮に達し、渋滞を経てようやく港にたどり着く。遠くに祭りの賑やかさを聞きながら、船を順番に流していく（今は環境保護のため燃やして、終わり）。

結局、アドレナリンが出続けていた先輩二人は、僕らに鐘を譲ることなく、最後まで叩き続けていた。大人はその後、打ち上げで宴会となる。迎えに来た車に分乗して帰る中、小中学生は歩いて帰る。さすがに疲れた先輩二人は、ようやく「ワイたちが、持って帰れ」と鐘を渡してくれた。

随分と静かになった帰り路を、友人と二人して、トボトボと歩いて戻るのだが、そのうち三々五々、先輩たちの姿も見えなくなる。人通りも少なくなり、二人で顔を見合わせるや、やおら鐘を担ぎ、少し足早になりながら、不完全燃焼の僕らは「ドーイ、ドーイ」と、声を掛けながら鐘を打ち鳴らした。最初は、周囲を窺いながら。そのうち、今まさにメインストリートでの状況を思い描きながら、二人の精霊流しが続いた。空には満点に星が瞬き、大量に鳴らされた爆竹の燃えカスが、雪のように道に降り積もっている。小父さんの笑い顔が見えたような気がして、一層声を張り上げて、走った。「ドーイ、ドーイ。ドーイ、ドーイ」。

原子野の子ら

夏休み。小中高と登校日があるが、長崎では必ず八月九日である。昭和二十年、広島に続いて長崎に原子爆弾が投下された。幾つかの候補地があったこと。雲が厚く、爆撃機の燃料切れぎりぎりで、一瞬長崎上空の雲がはれたこと。きのこ雲、一瞬で人が消えてなくなり、その影だけが残った白壁。炭となって転がる生き物。一面焼け野原となり、レンガの壁だけになった浦上天主堂。片足の鳥居。爆弾が投下された午前十一時二分で止まった時計。毎年、久しぶりに会う友との浮き浮きとした気分も半分に抑えて、厳粛に教室で過ごす。

教室での話は、明確に記憶している訳ではないが、原爆投下国のアメリカに対して非難や糾弾をするでもなく、逆に軍国主義であった日本を非難するでもない。冷静に、原子爆弾に対する知識、その結果引き起こされた結果を学ぶ。そうしてその日、確かに存在した、人々の生活、運命のすれ違い。その後も続く被爆者の悲劇。ただ、ただ犠牲者を悼み、祈る。身内からの語り伝えを知る者は、それぞれが語り部となる。皆の知らない話をする者は、ある種の賞賛を得、ましてや被爆二世ともなると畏敬の念をもって憧憬される。

しかし、被爆者としていわれのない差別を受けて来た家族からの忠告は、ふと彼に、彼女に影を落とす。彼らへの憧憬から、私の幼い精神には、被爆二世であったらという浅慮な思いと、やはりそうでなくて良かったという思いとが交錯する。

当時、父は中国大連におり、母は島原に居た。毎年夏休みに数時間かけて帰省する母の実家から、きのこ雲が見えたと聞いた時は、それだけでも自分が原爆と関わっているという事実と、想像し得ない現実に興奮した。

原爆をよりイメージするために、読本もあった。小学校低学年に「雲になってきえた」、中学年に「夾竹桃の花さくたびに」、高学年には「原子野のこえ」。そして中学生になると「三たび許すまじ」があった。

本好き、読書好きを自負する私は、小学三年生の時には我慢が出来ず、高学年用の読本も買い求めたが、今でも記憶に残るのは「夾竹桃の花さくたびに」である。「せんせい」という題名で映画化もされている。性格の明るい活発な、被爆者である小学校の女教師竹子が、白血病にたおれる。ある日、竹子を慕う生徒たちと長崎を一望する稲佐山に登り、あの日を語り始める。その後徐々に衰弱していく竹子は、「私が、あなたたちに残していけるのは、この姿しかない。原爆は今でも生きているのよ」と最期の言葉を残し、息を引きとる。

小学三年生からはずっと男性教師が担任であったこともあり、若く溌剌とした竹子先生への憧れと、淡い恋心のような気持ちは、登場する男子生徒たちに自分を重ね、そして山へ登り、原爆投下のあの日の事を心に刻んだ。

原子力の有効利用というものが可能であるならば、また現在のエネルギー依存の状況で原子力発電の可否については、明言はできないが、いまだに兵器として国家間の外交の道具となっている現状は、人類文明の衰亡を暗示している気がしてならない。一方でオバマ米国大統領の広島訪問は、特筆することではあるけれども、その影響力には多くを期待できない気がする。ある人が、もし昭和二十年当時に、現在のようなマスメディアの拡散能力があれば、広島、長崎の惨状は、余すところなく詳細に世界へ伝えられ、その結果あらゆる国の首脳たちは原子力兵器の放棄を即決するであろう、と述べていた。図らずも表題は、「原子野のこえ」という読本の題を間違えて覚えていたものだが、そのままにした。それは、私たちはすべて皆、原子爆弾によって焦土と化した原子野に象徴される、この世界の人類のあらゆる過ちの中を、生き続けていると痛感したからである。

夾竹桃は、八月十四日の花と言われるが、植物全体のあらゆる場所に有毒成分を持っている。夾竹桃の花が咲くたびに、私は竹子先生を、そして御霊(みたま)となった亡父や先祖も含めたあらゆる人々を思い、人類の過ちを決して忘れないだろう。もし忘れるようなことがあれば、即座に夾竹桃を口にし命を捧げる、そのような覚悟も、かの花は黙示しているのではないだろうか。

了

米岡光子

心にくいほどさり気なく、贈りものがたり

ピンポ～ン、ピンポ～ン。「お届け物でーす」。梅雨が明けて、これからしばらく暑い夏が続くと覚悟を決めた、そんなある日、宅配便が届いた。「Nさんだ。何?」。伝票に予告があるが、なるべく見ないことにしている。だって包みを開けて、「ワァ～」と歓声を上げたい。それが贈り物をいただく醍醐味だ。

このワクワク感は子どもの時から変わらない。

「お母さん、開けてもいい?」

「お父さんが帰って聞いてから」

贈りものが気になって仕方がない。お預けを食った犬のように、ひたすら夕方まで待ち続ける。そんな思い出がなつかしく甦る。

映画やドラマのシーンで贈りものの包みを開ける時にバリッ、ビリビリーと包装紙を破る場面を目にする。嬉しくって「早く見たい！」という気持ちの表現なのかもしれないが、大の包装紙好きの私としては心が痛む。美しくきれいな柄や重厚な和紙だと、もうたまらない。壊れ物を扱うように、そっとゆっくり丁寧に開ける。「この包装紙を何に使うの？」と聞かれれば、特に目的はないけれどシワを伸ばして大切に保存したいのだ。それだけで幸せな気分になる。安上がりなオンナだ。私だって、「早く見たい！」という気持ちはある。だが、包装紙への愛着もあって二つの思いがせめぎ合う。やっと包みを開けてステキな箱や缶が現れると、またもやドキッとして、ひと呼吸おく。それからやっと、中身とご対面である。面倒くさいヤツだが、この心の葛藤が贈りものに対する礼儀と固く信じている。贈りものはワクワクドキドキお楽しみを届けてくれる。

Nさんからはお中元の贈りものだった。一年の折り返しも過ぎて、正にお中元の季節。万事にスローの私も世間が動き出すと「早くお中元をお届けしなければ……」と焦ってしまう。日ごろお世話になっている方々の顔が浮かぶ。「今年は何がいいかしら」。品物選びの悩みが始まる。

小笠原忠統氏は、著書『小笠原流礼法入門』で、「中元とか歳暮とか、日本人の贈りものの習慣はなかなか根強いものがある。シーズンになると何を贈ろうかと思い悩む。花園天皇の御日記に『古来の習慣ではないが、ほかの人々がやることであるので、意志とは別に贈りものをしてしまう。これは君子として恥ずべきことだ』と。君主にしてそうなのだから、一般の我々はなおさらであろう」と記している。

そんな昔から贈りものに関しては、立場に関係なく悩みを持っている方が多かったのだと、おかしくも心強くなった。

それにしても、お中元は何を贈ろうか?

日本では、贈答には食べ物が主であり、それは古くからの共同飲食思想に起源がある。人と人、あるいは神と人が同じ火で炊いたものを一緒に食べる共食には強い霊力があると信じられ、結合力を強める意味があったらしい。だから、社員教育にも宿泊をして寝食を共にする研修が経営者から好まれる。社員同士の結び付きを図り、チームで働く能力を磨くには非常に効果があるのだ。また、冠婚葬祭に必ず飲食を伴うのもそのためだ。

山口瞳氏は、「他人に贈りものをする時は後に残らないものがいい」と著書『礼儀作法入門』に記している。後に残らないので相手の負担にはならない。負担になったとしても品物が消えてしまうので、長く気持ちを引きずらない。そんなさり気ない心づかいを言っているのだろう。「ちょっとしたお礼は消耗品がいい。後に残らないから」と、確かによく言われる。

贈りものには「人間らしさ」を発揮する部分がたくさんある。

専門学校で常勤講師をしていたある年、一年生の担任だった私は、次年度も入学してくる一年生の担任をすることになった。そのことを学生には終業式で伝える。ここは一つ、何かグッと学生の胸に響くメッセージを残さなくてはならない。前夜、強い決意のもと遅くまで頭をひねって考えた。そして当日。意気揚々と話し始めたが、その途中で突然一人の学生が、

「先生、トイレに行っていいですか」

エッ、今なの？　ここは涙を流して、しんみりする場面でしょ。それをトイレとは小学生ではあるまいし、何を考えているのかしら。情けない気持ちをグッとこらえて大きく息を吸った。

「はい、どうぞ」

トイレの学生が戻って来た。手に大きな花束を持っている。この花束を隠していたので、代表で取りに行ったらしい。学生たちから声がかかった。

「一年間、ありがとうございました」
「なあんだ、それなら言ってよ。別に遠く離れるわけでもないし、校内で顔も会わせるんだから……」

照れて言い訳をしたような気がする。前夜、あれほど悩んだ私のメッセージは息を潜め、無惨にも消えていった。さきほどのあきれ果てた思いは吹っ飛んで、胸が熱く花束がやたら重かった。突然の贈りものは嬉しさも倍増する。

知人のKさんからは、嬉しい絵はがきを贈られた。旅先からの一枚。美術館で求めてくださったようだ。竹久夢二画「花ひらく」の絵はがき。「この一枚は、あなたのために選びました」という文面。子どもたちが桜の木を囲んで手をつないでいる。旅先にあっても思い出してくれたなんて嬉しすぎる。おまけに、この絵はがきに貼ってある切手が絵と季節にピッタリ合っている。こんな切手があったんだ。切手も贈りものの演出の一つ、と痛感する。切手はいつも持ち歩いているのだろうか。万年筆も旅に持って行くのかしら？　思い立ったら贈りもの。贈りもの名人には教えられる。

仕事関係で知り合ったYさんが秘書検定を受験すると聞いたので、参考資料を差し上げた。

「助かりました」と喜んでくださり、後日には合格との吉報。同時に贈りものが届いた。エンヤのアルバム「アマランタイン」のCDだった。

「エンヤが大好きなのですが、このCDを聞きながら勉強をして合格しました。もちろん、いただいた資料のお陰です。ささやかなお礼の代わりですが、どうぞ」。手紙が添えてあった。エンヤって誰？　早速聞いてみる。その歌声に癒された。解説を読む。「アマランタイン」の歌詞がいい。

ほら、愛を人に贈ると／心が開けられて／何もかもが新しくなる……

隠れたメッセージのようでロマンチックな気分になった。それからしばらくは、私もエンヤのCDを聞きながら仕事をしてみた。何かしら作業もはかどって、そのスタイルに勝手に酔いしれた。日常生活の変化が鮮明だった。エンヤの曲が流れるとYさんを思い出す。よしっ！　私も次はこの手でいこう。


入社して間もないころ、新人の男性に上司がこんなことを言っていた。

「これからお客様を訪問する時は、今日のように手土産を持って行きなさい」

「予算は幾らまでいいんですか。やっぱり菓子折がいいですか？」

「バカ！　お金を使わない手土産もあるだろう。毎回、菓子折だと相手は恐縮する。遠慮なく、ちょっと喜んでもらえるものが一番いい。だからある時は、お客様にとって役立つ情報を手土産にしなさい。それも無い時は、元気になっていただけるように君の笑顔を手土産にすればいい」

そばで聞いていた私は、思わず上司の顔を覗き見た。贈りもの名人は言うことがひと味違う。

訪問する時に持参する手土産、旅先からのお土産は日本ならではの風習と聞く。もともと「みやげ」は木でできたお札のことで、寺社に参詣した際の神仏の恩恵をお札として持ち帰り、親しい人に分け与えようとしたのが本来の意味。「土産」は文字どおり「どさん」と読み、餞別をもらった人たちに配った旅先の「土地の産物」を指した。伊勢神宮などへの参詣が盛んだった江戸時代に、神宮から帰る人々を相手にする土産屋が現れ、お札とともに「土産」を持ち帰るようになった。そのことから「みやげ」を「土産」と書くようになったらしい。手土産を持参するのも「分かち合う」という日本の精神風土から生まれた風習で、贈りもの文化が根付いたと思われる。

周りには贈りもの名人と呼びたい人がたくさんいて、贈りものの数だけ物語がある。贈りもの名人に教えられ、心が豊かになっていく。

日本は、世界でもっとも贈答の多い国だ。包む文化、結ぶ文化と言われ、繊細で細やかな心づかいを表している。相手を思いやる日本の風土で育った私たちの貴重な財産である贈りもの。それは「こころ」を贈ること。慶び、感謝、お祝い、慰め、弔意……その「こころ」が形となったものだ。そんな気持ちのやりとりだからこそ、贈りものには多くの礼儀作法、マナーが存在する。相手を思いタイムリーにひと手間かけるが、さり気なくというのが贈りものの極意だろう。

私もせめて、手間を惜しまず「こころ」を伝えたいものである。今年のお中元、相手を思って悩むとしよう。

渡辺綱纜

フェニックスの木蔭　宮崎の二人

フェニックスの木蔭　宮崎の二人

(一)

君は今日から　妻という名の僕の恋人
夢を語ろう　ハネムーン
フェニックスの木蔭　宮崎の二人

宮崎の人なら誰でも知っている。そして、宮崎に新婚旅行に来た人なら、いつまでも忘れられない歌「フェニックスハネムーン」である。

五十年前のことである。一九六六（昭41）年の五月の頃だった。

当時、宮崎交通観光部の企画宣伝課長だった私のところへ、永六輔さんがふらりと訪ねてきた。

「やあ、やあ、渡辺さん」と、まるで百年の知己のように、にこやかな表情で入ってきた。半袖シャツに短パン、サンダル履きで、手には大きな紙の買物袋を下げていた。海水浴場からの帰りのような出立ちだった。

聞けば、沖縄からの帰りで、まっすぐに来たということである。

ＮＨＫの朝の連続テレビ小説、川端康成原作の「たまゆら」が終って間もなくで、私のことは放送局から紹介されたと聞いて、納得した。

永さんはその頃、東芝レコードの企画である「日本の歌シリーズ」の仕事で、全国を飛び廻っていた。

いまの御当地ソングのはしりで、各県から一曲ずつ歌を作る。作詞は永六輔、作曲は中村八大といずみたくが交代で、歌はデューク・エイセスのコーラスと決まっていた。

宮崎の歌はまだ全くの白紙ということだったので、さっそく永さんをタクシーに乗せて、日南海岸へ走った。

最初の目的地は、「こどものくに」だった。着くと、岩切章太郎会長が正門の前で迎えていて、びっくりした。秘書課に永さんの来訪は告げておいたが、行先は知らせてなかったからである。

岩切会長は、入口の上の掲示板を指さしながら、「ここは、こどものくにですから、おとな券はありません。みんなこどもになって、こども券を買って入園していただくのです」と、永さんに説明した。

掲示板には、イラスト入りで、次のように書いてあった。

おじいさんも　おばあさんも
おとうさんも　おかあさんも
おにいちゃんも　おねえちゃんも
今日はみんな　こどもになって　こども券をお買い下さい

永さんは、大きな声で一言、「すばらしい」と言って、岩切会長に深々と頭を下げた。

この瞬間に、永さんは決定的に岩切ファンとなり、宮崎ファンとなったのである。

(二)

永さんと私は、こどものくにから青島、堀切峠、サボテン公園と廻った。駈け足で大忙しであった。

夕方になって、宮崎観光ホテルに着いたが、荷物をフロントに預けるとすぐ、橘公園に出て、ロンブル(赤と白、青と白のテントの下のベンチ)に座った。新婚のカップルが散歩していて、さかんにカメラを向けあっていた。

永さんが言った。「いやあ、宮崎はどこに行っても、フェニックスとハネムーンですね」

私も、「そうです。フェニックスとハネムーンです」と、答えた。

永さんは、空を見上げながら、「渡辺さん、決まりました。宮崎の歌は、フェニックス・ハネムーンでいきます」と、言った。

フェニックス・ハネムーンがレコードになって発売されるとすぐ、観光バスではバスガイドが歌い、たちまち県民の愛唱歌になった。

東京・新宿のうたごえ喫茶でも、宮崎へ新婚旅行に行った人達が集まって、いつもベストテンに入る人気の歌となった。デューク・エイセスも、リーダーの谷道夫さんが宮崎出身ということもあって、どこに行ってもリクエストされた。

フェニックス・ハネムーンが縁で、それから永さんは、たびたび宮崎を訪れるようになった。

串間市の市木では、地元の青年達が、名産寿かんしょの畑を作って、「六輔農園」と名付けた。収穫の季節には、永さんもやって来て、市民といっしょに、いも掘りを楽しんだ。

㈢

永さんは、沖縄が好きで、若い頃は月に一度は訪れていた。

宮崎に来るようになって間もなく、永さんが、沖縄の丹茶観光が経営する「沖縄グランドパーク」を訪ねた時のことである。

百二十万平方メートルに及ぶ海浜の丘陵に展開する亜熱帯植物の群落や、美しい南国の花々を眺め、園内に広告らしいものが何一つないことに気づいて、案内の新里社長に、「あっ、これは宮崎の岩切さんの感覚ですね」と、言った。

新里社長は、永さんの言葉に驚き、「実は、章太郎翁に何度も来ていただいて、指導を仰いだのです」と、答えた。永さんは、「やっぱり」と、うなずいた。

その時の印象を、永さんは文芸春秋に書いた。「自然を愛する姿勢のさわやかさ」と題して、宮崎より遥かに南国である沖縄が、宮崎の観光地作りを手本にしていることを述べ、「それにしても、日本に岩切さんが十人、いや、百人欲しいものです」と、結んでいる。

㈣

私が、宮交シティの社長の頃である。開店十周年の行事に、永六輔さんの一日店長を計画した。

永さんは気持よく承諾して、その日のスケジュールも、全部まかせてもらったが、前日に着いた永さんに、なかなか言い出せないことがあった。

それは、来店客の先着百名に、永さんのサイン入りの色紙を配るということである。既に新聞やテレビで宣伝をしていたが、なにしろ百枚も書いてもらうことなので、私も口が重かった。

夜、ニシタチの丸萬本店で、永さん好物の鳥のもも焼きを御馳走し、永さんが二本目を食べた後で、「実は……」と切り出した。

そして、「サインペンで、名前だけ書いていただければ、結構ですので」と言うと、永さんはきっとした顔で、「それでは、お客様に失礼です。何か一言添えて、宮交シティ一日店長、永六輔と署名します。すぐホテルに帰りましょう」と、返答した。

私は百枚の色紙と、書き損じもあるだろうと予備の十枚を足して渡した。

翌朝、永さんは色紙を大きな風呂敷に包んで持参した。美しく丁寧に書かれた色紙を数えたら、きっちり百十枚あった。一枚も書き損じはなかった。

アポロの泉の会場で、永さんは、一人、一人のお客さんに、手を合わせて一礼し、「ありがとうございます」と、色紙を贈った。

その情景を眺めて、私は、今更のように「サービスとは何か」ということを実感した。

永さんの姿に、涙がこぼれるような感動を味わったのである。

㈤

永六輔さんは、宮崎市が制定した「岩切章太郎賞」の選考委員長もつとめた。全国の観光地で、岩切イズムを実践している個人や団体に贈る賞で、「観光の文化勲章」と言われた。

永さんは、もともと選考委員とか、審査委員とか、人を選ぶ仕事は嫌いで、頼まれてもほとんど断っていた。然し、岩切章太郎賞だけは、喜んで引き受けてもらった。

その時の条件が、受賞者を宮崎に呼んで表彰するのではなくて、市長と選考委員が地元に行って、賞を贈るということであった。

岩切章太郎賞は、平成二十年まで二十回続いたが、同じく選考委員をつとめた俵万智さんは、永さんが亡くなった時、宮崎日日新聞のインタビューに答えて、「説得力があり、圧倒された。さすが言葉の達人だった」と、追悼の心を述べている。

永さんと、宮崎で最後に会ったのは、二〇〇五年と、二〇〇八年である。二〇〇五年は、私が宮崎市社会福祉協議会の会長の時、二〇〇八年は、岩切章太郎賞の選考委員を終えた時である。

二〇〇五年の歳末たすけあい運動の最中に、永さんは突然宮崎を訪れた。私はデパートの前で赤い羽根の募金中だったが、永さんは空港から直行して、たすきをかけ、募金箱を下げて応援してくれた。人気タレントの永さんの前は、長蛇の列だった。

二〇〇八年の第二十回の岩切章太郎賞は、永さんの強い希望で、日南海岸を支える日南市に決まった。

永さんは、授賞式で「岩切章太郎氏が亡くなって二十余年、日南市は住民が中心となって、特色を活かした観光を盛り上げてきました。この姿こそ、岩切章太郎氏が願う町おこしではないでしょうか」と、感慨をこめて挨拶した。

㈥

永さんの思い出は、まだまだあるが、ぜひ紹介したいエピソードが一つある。

名曲「剱の舞」で有名なロシアの大作曲家ハチャトリアンの取材に、永さんがモスクワを訪れた時の話である。

超多忙のハチャトリアンには、会うことが難しかった。そんな時、モスクワの街角で、ばったり宮崎出身の作曲家、寺原伸夫さんに出会った。

寺原さんは、ハチャトリアンの愛弟子だった。すぐ連絡して、面会の約束をとってくれた。永さんは大喜びで、飛んで行った。

応接室で待っていると、品のいい爺さんがコーヒーを持ってきたが、こぼして永さんのズボンを汚した。爺さんは大慌てで、ナフキンを何枚も持ってきて、ズボンを拭き、謝った。しばらくして、スーツに身を正したハチャトリアンが現れた。何と、先程のコーヒーをこぼした爺さんだった。

「ようこそ、お越し下さいました。私がハチャトリアンです」

この話は、永さんから何度聞いても楽しく、おもしろかった。

その永さんも今は亡い。ただただ、さびしい。いつも旅から旅で、少しもじっとしていなかった。

永さんが言ったことがある。「東京にいては、この国が見えない」と。

地方創生とは口ばかりの政治家や財界人達に聞かせたい言葉である。

永六輔さん。宮崎のために、いろいろと尽くしていただいて、本当にありがとうございました。お疲れ様でした。どうぞ、これからは、ゆっくりとお休みください。(合掌)

【執筆者プロフィール】

伊野啓三郎　一九二九年、旧朝鮮仁川府生。広告会社役員。MRTラジオ「アンクルマイクとナンシーさん」パーソナリティとして活躍中。日本エッセイストクラブ会員。

岩尾アヤ子　大正十四年一月十三日生。宮崎県女子師範学校本科卒業。中学校・小学校教員、裏千家茶道正教授、池坊教授。紺綬褒章（内閣総理大臣）。

興梠マリア　アメリカ出身。英語講師・異文化紹介コーディネーター。俳句結社「海程」「流域」所属。「宮崎県文化年鑑」編集委員。日本ペンクラブ会員。

須河　信子　昭和二十八年、富山県井波町（現南砺市）生。昭和五十二年より宮崎市に在住。大阪文学学校にて小野十三郎・福中都生子に現代詩を師事。

鈴木　直　一九七三年、福岡県小倉生。明治大学卒業。サッカー一筋二十年、体育会系から文化会系へ華麗なる（?）転身を遂げる。現在では自転車や読書、座禅を嗜む。

鈴木　康之　一九三四年宮崎市生。大宮高、京都大（法）卒。一九五八年旭化成㈱入社、退職後、帰郷。現代俳句協会員、「海程」「流域」同人。著書に『デモ・シカ俳句』『芋幹木刀』。

竹尾　康男　昭和八年生。耳鼻科開業医。信大医卒。東大大学院卒。二科会写真部会員。宮日美展無鑑査。写真集『視点・心点』（宮日出版文化賞受賞）。

田中　薫　昭和十六年、埼玉県浦和市生。元宮崎公立大学教授、出版文化論担当、さいたま市在住。趣味は旅人スケッチ。『西洋館漫歩』（鹿島出版会）、『本と装幀』（沖積舎）など著書多数。

谷口　二郎　産婦人科医。宮日アドパークに「ドクタージジロー通信」。MRTラジオ「みえことジローのあったかトーク」。15冊目のエッセイ集『人生楽しくピッポッパッ』など著書多数。

戸田　淳子　昭和五十七年より俳句結社「雲母」「白露」で俳句を学ぶ。現在日本エッセイストクラブ会員。毎日新聞「はがき随筆」選者。みやざきエッセイスト・クラブ編集長。

中村　浩　一九三二年生。宮崎県新富町出身。フェニックス国際観光㈱を二〇〇〇年に退任。著書にエッセイ集『風光る（かぜひかる）』（一九九二年）、『光る海（ひかるうみ）』（二〇〇二年）。

野田　一穂　鹿児島市出身。東京女子大学文理学部英米文学科卒業。読み聞かせボランティア情報交換研鑽会「まほうのつえ」・語りを楽しむ会「語りんぼ」代表。

福田　稔　熊本県球磨郡錦町生。帝塚山学院大学（大阪府）を経て、平成十四年より宮崎公立大学で教える。専門は英語学・理論言語学。みやざきエッセイスト・クラブ副会長。

丸山　康幸　一九五二年東京生。神奈川県茅ヶ崎市在住。愛読書は東海林さだお、アラン・シリトー、ロバート・キャパ、永井荷風、リチャード・ボード。

宮崎　良子　一九五八年、宮崎大宮高等学校卒業。同年ＭＲＴ宮崎放送入社、一九九七年同社定年退職。「宮崎県文化年鑑」編集委員。「みやざき文学賞」運営委員。

森　和風　西都市出身・書作家。金子鷗亭に師事。一九六二年「森和風書道会」設立。四十年にわたり国際文化交流に尽力。二〇〇〇年、第51回宮崎県文化賞受賞。日本ペンクラブ会員。

森本　雍子　旧満州国生。宮崎市役所、㈱宮交シティ勤務。現在、宮崎県芸術文化協会監事。みやざきの文化を考える懇談会委員（県）。

柚木﨑　敏　国富町出身。小中高校教員で、県内各地を転勤後、宮崎市教育委員会等に勤務。好奇心旺盛、本会当初からの会員。米寿を迎えやや耄碌。

夢　人（本名　大山博司）一九六三年、長崎市生。鹿児島大学大学院（医）卒業。脳神経・精神を専門に開業。本業、趣味とも好奇心旺盛な、マルチな万年青年を目指す。

米岡　光子　宮崎市在住。短大・専門学校の非常勤講師（秘書実務）、接遇研修の講師を務める。ＭＲＴラジオ「フレッシュＡＭ！　もぎたてラジオ」（毎週木曜日）マナー相談。

渡辺　綱纜　宮崎交通に四十六年間勤務。退職後、宮崎産業経営大学経済学部教授。現在は県芸術文化協会会長、九州文化協会副会長。宮崎公立大学理事。宮崎産業経営大学客員教授。

あとがき

戸田　淳子

　みやざきエッセイスト・クラブの作品集21『ひなたの国』をお届けいたします。

　今回は伊野啓三郎会員をはじめ二十一名の方々の作品を掲載致しました。会員の皆さまと鉱脈社の小崎美和さんのご協力と支援を賜り、いい作品集ができました。感謝申し上げます。

　今年の夏は日本列島がすっぽりと猛暑に覆われ、また台風による洪水や熊本地震など辛いことの多い年でした。

　その中で会員から寄せられた作品は、それぞれ力づよく個性的で、童謡詩人の金子みすゞの言葉を借りて言いますと「みんな違ってみんないい」作品集となっています。

　表紙と前扉は岩尾信夫氏の作品です。

　全会員のタイトルの中から投票で選んだタイトル「ひなたの国」と、表紙カバー（韓国岳）とのバランスを心配しましたが、できあがってみるとしっくり合っているようで安堵しています。尚今号より福田稔氏に代り編集長を務めさせていただくことになりました。どうぞよろしくお願い致します。

編集委員会

興梠　マリア
須河　信子
戸田　淳子
福田　稔
宮崎　良子
森本　雍子

ひなたの国

みやざきエッセイスト・クラブ 作品集21

印刷 二〇一六年十月二十七日
発行 二〇一六年十一月七日

編集・発行 みやざきエッセイスト・クラブ©
事務局 宮崎市江平町一―二―九 吉田方
TEL ○九八五―二二―七三八〇

印刷・製本 有限会社 鉱脈社
宮崎市田代町二六三
TEL ○九八五―二五―一七五八

作品集　バックナンバー

1	ノーネクタイ	一九九六年	一三四頁	八七四円
2	猫の味見	一九九七年	一八六頁	一二〇〇円
3	風の手枕	一九九八年	三二〇頁	一五〇〇円
4	赤トンボの微笑	一九九九年	一六二頁	一二〇〇円
5	案山子のコーラス	二〇〇〇年	一六四頁	一二〇〇円
6	風のシルエット	二〇〇一年	一四六頁	一二〇〇円
7	月夜のマント	二〇〇二年	一五四頁	一二〇〇円
8	時のうつし絵	二〇〇三年	一八六頁	一二〇〇円
9	夢のかたち	二〇〇四年	一八四頁	一二〇〇円
10	河童のくしゃみ	二〇〇五年	一八八頁	一二〇〇円
11	アンパンの唄	二〇〇六年	二〇八頁	一二〇〇円

みやざきエッセイスト・クラブ

12	クレオパトラの涙	二〇〇七年	一八四頁	一二〇〇円
13	カタツムリのおみまい	二〇〇八年	一七二頁	一二〇〇円
14	エッセイの神様	二〇〇九年	一五六頁	一二〇〇円
15	さよならは云わない	二〇一〇年	一五六頁	一二〇〇円
16	フェニックスよ永遠に	二〇一一年	一六四頁	一二〇〇円
17	雲の上の散歩	二〇一二年	一六〇頁	一二〇〇円
18	真夏の夜に見る夢は	二〇一三年	一七二頁	一二〇〇円
19	心のメモ帳	二〇一四年	一八八頁	一二〇〇円
20	夢のカケ・ラ	二〇一五年	二一六頁	一二〇〇円
21	ひなたの国	二〇一六年	一九六頁	一二〇〇円

（いずれも税別です）